U0030677

書系緣起

早在二千多年前，中國的道家大師莊子已看穿知識的奧祕。
莊子在《齊物論》中道出態度的大道理：莫若以明。

**莫若以明是對知識的態度，而小小的態度往往成就天淵之別
的結果。**

「樞始得其環中，以應無窮。是亦一無窮，非亦一無窮也。
故曰：莫若以明。」

是誰或是什麼誤導我們中國人的教育傳統成為閉塞一族？答
案已不重要，現在，大家只需著眼未來。

共勉之。

說出
自信與魅力
溝通和克服演說恐懼
的50個技巧

Speaking Up Without Freaking Out

50 Techniques for Confident and
Compelling Presenting, 3rd edition

史丹佛大學策略溝通名師

麥特‧亞伯拉罕 著
Matthew Abrahams

林佩蓉 譯

「我領略到，所謂勇氣不是無所畏懼，而是能戰勝恐懼。」

——納爾遜・曼德拉（Nelson Mandela）

感謝家人給我大無畏的支持。

──麥特・亞伯拉罕

目錄

沒有緊張，只有興奮

王永福

《上台的技術》&《教學的技術》作者
上市公司簡報&教學教練

　　身為簡報教練及內部講師教學顧問，再加上寫了《上台的技術》及《教學的技術》這兩本書，平常我有許多機會，跟許多專業人士分享如何上台表達。但大家最常問我的第一個問題，不是簡報技巧或教學技術，而是「老師，我上台的時候會很緊張，怎麼樣才可以不緊張啊？」

　　在回答這個問題前，我總是會問：「你有坐過雲宵飛車嗎？」

　　雖然學員不曉得我為什麼這麼問，但大部分的夥伴還是會回答：「有。」

然後我會接著問：「在坐雲宵飛車時，是緊張？還是興奮？」

這時，有人會回答「緊張！」，但有人會回答「興奮！」

進一步我會問：「那怎麼區隔緊張或是興奮呢？」

仔細地想想，緊張時會心跳加快、冒冷汗、呼吸變得急促，但興奮時，好像也會這樣耶？再更進一步地看：不管是緊張、或是興奮，我們都會分泌「腎上腺素」，而同一個腎上腺素，造成的反應是一樣的！只是當我們定義這樣的反應是緊張，它就是緊張；而當我們認為它是興奮，它就是興奮！

這可不是我瞎說，看了這本書，您也會看到這個一模一樣的觀點。當你用不同的角度看待上台前的緊張，就會有不同的效果！緊張不會消失，但是你可以和它和平共處，讓你在緊張的時候，還可以有好表現。

本書作者非常用心，用了一整本書的規模，來教大家如何克服上台時的緊張。包含我前面提到的心態轉變法，以及想像成功的經驗，還有準備好開場白，也教大家不要背稿，就不會有忘稿的問題。甚至是我平常最強調的多次

練習的重要性，以及在練習的時候開口說出來。還有透過有信心及開放的身體姿勢，讓刻意的外在表現引領自己的內在。我最喜歡的是書裡還提供案例演練，讓大家可以透過這些案例來學到完整上台前的準備方法。

回到平常對專業人士的指導現場，我總是提醒大家：緊張是好事，因為緊張才表示你在乎。你要做的不是消除緊張，而是跟緊張和平共處。透過大量的事前演練，讓自己即使緊張，也可以有好的表現。這本書，將教你許多系統化的方法，讓你控制緊張、克服緊張！從今以後，沒有緊張，只有興奮！

期望在更大的舞台上，看到您更好的表現！

「知彼知己，百戰不殆。」——《孫子兵法》

　　不論是在課堂或會議室簡報、在婚禮或會議上發言，大多數人在事關重大的場合向眾人表達己見時，通常會感到緊張不安。在我幾十年來的教學及指導經驗當中，見過許多人因為無法自信表達自己的想法而苦惱。我也發現排解溝通焦慮，對我許多說中文的客戶和學生來說，尤其具有挑戰性。我很興奮能夠出版這本書的中文譯本，協助全球各地更多的人成為更有自信的溝通者。

　　我在這本書中詳細說明了讓溝通兼具自信與說服力的各種方法，幫助你對自己及溝通的過程更有信心。你將可學習到如何讓自己的溝通更加有效、更有魅力。你的目標是瞭解如何排解焦慮，並瞭解你自己。能知彼知己，對於任何溝通的結果也就不用畏懼。

如果你曾對上台簡報或演講感到緊張、懷有疑慮，或心生不安，這本書便是為你而寫。書中提供了排解演講焦慮的簡易技巧，不論聽眾是同事、潛在的客戶、親朋好友，都能派上用場。

我寫這本書是由於許多人對演講的挫折感。數十年來，心理學家、生物學家、溝通研究學者等，在文章或論文中細述各種建立信心及應付演講焦慮的對策與技巧；然而，這些研究成果大多刊載在學術期刊中而較不普及。對於如何克服演說焦慮，許多教程建議採取三步驟：「好好練習（Practice）、調節呼吸（Breathe）、放膽上場（Just do it）。」我稱之為「PB & J」心法。這些建議都能發揮許多效用，但演說焦慮牽涉到錯綜交雜的生理與心理因素，過於簡化的「PB & J」心法的助益有限；而嘗試這些建議時，如果不能立即收到效果，甚至可能增加演說者的焦慮。

我希望這本書能彌補實用資訊的不足，書中提供了五十多種歷經考驗且容易運用的焦慮排解技巧。這些技巧

大多吸收學術研究成果，且經過證明能發揮作用。在閱讀
本書的同時，你將可學到一些技巧，對自己及所要發表的
演講更具信心。現在就為自己設下目標：徹底克服演說恐
懼。

恭喜你勇於踏出第一步，期許自己成為更自信、沉穩、勝任的演說者。你將可從本書學習到各種幫助你排解演說焦慮以及提升自信的技巧。

本書共分為七個章節；第一章說明何謂演說焦慮、焦慮的症狀與負面影響，以及如何緩解緊張情緒。第二章說明人們對演說感到焦慮的主要學理，並介紹幾項確切的技巧，幫助你減輕演說焦慮並提振自信。第三章詳述如何運用台風及聲音，讓自己不但顯得有自信，實際上也感到更自信。第四章探究如何訴諸聽眾需求，讓演說內容引起聽眾共鳴，藉以減輕你的焦慮，使你的演說更有魅力。接下來的第五章，則是針對如何規劃演說架構提供相關技巧與指引，幫助你與聽眾銘記演說內容。第六章則會指導你如何阻抗、戒除那些可能弄巧成拙反而延長並加劇焦慮的想法與行為。最後在第七章，探討如何應用與歸納前述內容，制定專屬於你自己的克服焦慮計劃（Anxiety-Management Plan , AMP）。

書末附有詞彙表，解釋書中的專業學術名詞（書中會以粗體字標示）；以及五個參考附錄；附錄 A，針對未實際面對聽眾的演說，建議排解焦慮的技巧（例如電話會議、網路演說等）。附錄 B，則針對母語非英文的講者提供額外建議。附錄 C，探討在問答環節中如何自信以對，並提供明確簡潔的回覆。附錄 D，討論激勵及說服聽眾的兩大確切技巧／方法。最後的附錄 E，總結書中介紹過的紓解焦慮技巧（書中以粗體標示的技巧）。

隨著閱讀進度的開展，書中會提供一些「Try this」機會，也就是實用小撇步，幫助你實際運用從書中學到的技巧。許多技巧會需要你細思文中建議再付諸實行。你可以慢慢思量，確認適合自己的技巧。有些技巧需實踐一段較長的時間才能發揮成效，進而習慣成自然。

最後，每一章節末尾都有**重點摘要**和**實作練習**，可幫助你實際應用各章節所闡述的概念。

要注意的是，本書介紹的技巧當中，有些可能看似相互牴觸。比方說，某項減輕演說焦慮的技巧建議，可以樂觀想像在演說後會有什麼令人振奮的事件或活動，但另一項技巧則建議必須全神貫注在當下。最終必須由你選擇最

適合自己的技巧，並找出可在你身上奏效，對你有所助益
的實踐方式。

第 **1** 章

説出自信：
解説與表現

「呲——！」我澎湃高漲的焦慮一舉穿透了屋頂。這宗慘案發生在周六大清早，我當時還是個高二生，參加人生第一次的演講比賽。在場不但有隊友和指導老師為我加油，還有我心儀的女生來聽我發表關於空手道的演說。我感覺胃在翻攪、眉頭出汗、雙腳直抖，遲遲開不了口，還好有眾多同儕為我打氣，讓我鼓足幹勁毅然開講。

天知道演講前這番恐慌怎麼也比不上接下來的一擊——「呲——！」的一聲，就在所有朋友、師長、家長，甚至可能是我未來的女友面前，我把褲子踢裂了！不是裂了一道小縫，而是破了一個大洞——從腰部後面的皮帶扣環一路裂到褲頭的拉鏈處。在這段十分鐘演說的前十秒鐘，我安排了表演空手道前踢的橋段，原本應該是緊張刺激，扣人心弦，結果卻是令人懊惱，尷尬無比。演講前的緊張情緒讓我只顧著幻想各種可能發生的糗事，壓根兒忘了該換上可以讓雙腿活動自如的空手道服。

公開演說的結果可能令人意想不到，甚或造成創傷，即使講者事先做好準備與排練也在所難免；正因如此，《世界排行榜》（*The Book of Lists*）一書再三披露，每每問到「最害怕的事」題目，最常見的答案總是「當眾發言」。這個

論點也與查普曼大學（Chapman University）近期對美國人恐懼事物大調查的結果相呼應；根據調查結果，「公開演說」位列美國人最恐懼的前五項事物之一。事實上，大眾認為演說帶來的焦慮感，比面對死亡、高處、蜘蛛、火焰的恐懼感要高出 10~20%。就如我一位學生打趣道：「人們寧願失火時一絲不掛、俯瞰三十層樓高的瀑布、全身爬滿蜘蛛和蛇，也不願公開演講。」

　　為何人們對於演說的恐懼遠遠超出對於其他事物的畏懼？另外，更重要的是，要如何才能學會應付並緩解如影隨形的恐懼感，好讓我們看起來更有自信、更有公信力？

▶ 傳達自信

　　傳達自信是演說中相當重要的一環，其中理由很多，但也許最首要的是自信通常與能力劃上等號。如果我們以能夠自信發表演說為目標，那麼就必須先瞭解何謂自信，以及自信會帶來的效益。首先，自信不光是指能夠應付焦慮情緒。有自信的講者也能抱持熱情誠懇的態度，從而得

到聽眾的共鳴與尊重。有了自信，你的想法與提案最終便能贏得聽眾的信賴與支持。

▌發揮熱情

所謂熱情是表現在講者散發的活力與熱忱，以及運用的言詞。在準備與排練演說時，務必好好省思，你的演說主題哪一點打動到你自己，聽眾又如何能從中受益。**提醒自己發表演說的初衷**能讓你充滿能量（若是演說已重複無數次，也可助你重振精神）。此外，想像自己是在服務聽眾，幫助他們學習、成長、實現目標，應該也可激發你的熱情。而你傳達訊息的方式，理應體現你身上這股活力。這絕對不是指你必須像啦啦隊員般奮力吆喝你的訊息，而是必須找出方法傳達你真摯並珍視的信念。但是切記，聽眾想要及需要的，是能感受到你的「滿腔熱血」。

就教戰守則來說，要選擇富有感染力，能引發聽眾共鳴的字眼，讓你能夠由此展現出熱情，諸如「好處」、「成果」、「改變」等字詞都可以打動聽眾。而善用形容詞更可進一步鼓動、激發人心。最重要的是，要以動聽的口吻

說出這些話語。這些話語在表達你內心情感之餘，也必須忠於你的人生觀及演說基調。

Try this ▸ 撥出一點時間省思你發表演說的初衷，你演說的目的，對你自己和聽眾有何助益？利用這些答案讓自己興致昂然地上場演說。

▋誠懇的心

　　各個領域的研究學者都不約而同地證明，充滿自信、發言有力的演講者，其關鍵特質之一是具備誠懇溫暖的心；像是擁有高人氣的 TED 演講人，同時也是哈佛商學院教授的艾美・柯蒂（Amy Cuddy）。所謂**誠懇**可視為是具體化的同理心，也就是能體察聽眾的需求，同時透過具體行動流露內心所感。誠懇的演講人會用言語呼應聽眾的心聲（例如：「和你們一樣，我曾經……」），以表達對聽眾需求的認同。

　　若能誠懇傳達你的熱情，就能展現自信。聽眾可以瞭

解到你是真心誠意，而且忠於所言。然而，為了展現出這種自信，你必須先學會處理可能存在於自身的焦慮問題。

▶ 演說焦慮

「焦慮」（anxiety）一詞緣自拉丁文「angusta」，意思是「會壓迫過路人的狹廊」。因此，焦慮可以用來指擔憂無法順利通過考驗；例如一場簡報或會議，因在眾人前演說所導致的焦慮，稱為「**溝通焦慮**」（*Communication apprehension*）。這種焦慮涵蓋了演說當下的焦慮，以及單憑想像演說就浮現的焦慮。

溝通研究學者列舉出可能引發溝通焦慮的三個不同階段：

（1）預期階段：想像演說場面的期間；

（2）正面應戰階段：約莫開講後一分鐘；

（3）適應階段：演說的最後幾分鐘。

大多數會感到焦慮的講者表示，焦慮在預期階段和正

面應戰階段達到最高峰，到了適應階段便穩定下滑；這種焦慮消退模式稱為「習慣化」（*Habituation*）。焦慮之所以開始緩減，是因為意識到自己已安然通過演説的第一關，因而放下心來。

溝通焦慮的相關研究顯示，演説焦慮過度高漲、延續期間過長，會造成惡性循環。除了與焦慮相關的不良反應，例如感到困窘、無法集中精神等，還會導致其他嚴重後果。首先，演説焦慮不只會使演説者上場表現欠佳，在高度焦慮情況下，也可能寫出不佳的講稿。再者，看起來緊張不安的演説者，通常會給人一種虛偽的印象。許多與緊張相關的行為——避免眼神接觸、講話吞吞吐吐、來回踱步等——也會令人聯想到撒謊或是隱瞞事實。總而言之，演説焦慮可能對你有負面影響，使人對你的印象扣分，也難以達成演説的預期成效，因為聽眾可能會質疑你的可信度。更雪上加霜的是，緊張的情緒會使你無法清晰思考和做出適當的決策，也無法好好應對聽眾的反應。

焦慮會造成腦力負擔與耗損，繼而影響認知過程，往往使人感到恐慌或腦筋打結。無法清晰思考或集中精神時，腦中一片空白，就會感到**恐慌**（*Panicking*）。而

思慮過多時，思緒變得紛亂、過度侷促，就會**腦筋打結**（*Choking*）。這種慌亂的認知過程，使得焦慮的講者忘東忘西，無法一一記清自己的想法，以及這些想法的相關細節。因此，焦慮的講者通常苦尋不著想要表達的字眼或想法，結果辭不達意。

最後一點是，對於演說的焦急不安會使你無法明辨演說成效。焦慮會使你的判斷力產生偏差，讓你無法正確評估自己的表現。此外，緊張也往往會讓你會錯意，認為他人的回應比他本意還要來得負面。

對於可能伴隨焦慮而來的種種代價，想要增進溝通的自信與能力，減輕演說焦慮是重大關鍵。

 ▶ 想瞭解公開演說究竟會讓你感到多緊張，可至以下網站填寫公開演說焦慮個人報告（Personal Report of Public Speaking Anxiety，PRPSA）量表。

http://www.jamescmccroskey.com/measures/prpsa.htm.

▶ 何謂緊張

▍焦慮是什麼感覺？

　　任何可用來減輕焦慮的方法，都可幫助你增進溝通成效。要判斷何種減輕焦慮的技巧可能最有用，首先必須進一步瞭解你的緊張感受及其帶來的影響。

　　演說時感到緊張是什麼意思？為了要在大眾面前發言而焦慮不安時，身體會有什麼反應？首先是肌肉緊繃，接著開始冒汗、心跳加速、血壓上升，覺得呼吸困難；你的時間感會扭曲，無論做什麼，時間似乎遠比實際要來得長。你會覺得難以執行精細的動作，例如使用雷射筆等。這些演說焦慮造成的身體症狀對健康相當不利。事實上，長時間的焦慮，比如演說焦慮等，可能對健康產生長期影響。

　　細察這些身體上的變化，可以發現你的「**恐懼反應**」（***Fear response***），也就是公開演說觸發的生理反應，和自己被任何事物嚇到時的反應一模一樣。舉例來說，這些

身體上的反應，就等同你聽到飛機機長在廣播系統中喊了一聲「糟糕」，氧氣罩就突然掉在你面前的反應。換言之，演說並不存在特定的恐懼反應。公開演說，或對於演說的預期，只會觸動你先天面對威脅時的戰鬥、逃跑、恐懼、僵住等反應。

很有意思的是，我要是現在走過去對你說：「恭喜你，你剛中了彩券。這是你的獎金一千萬元！」你也會出現同樣的生理反應——你的心跳會增加，血壓上升，可能覺得呼吸困難、肌肉緊繃、胃在翻攪、身體出汗，這些都是與先天恐懼反應相同的症狀。也就是說，身體只有一種反應觸發機制，而感受到機制觸發的方式也只有一種，當中的分別在於，你發現自己中了一千萬元會大叫「耶」，被要求上台演講則是會大歎「哎唷，不會吧」。

因此，如何認知你的觸發反應，會影響你對身體症狀的感受，也就是，如何標記生理反應，對你應付焦慮的方式有重大影響。很有意思的是，研究人員發現，焦慮的人往往對身體的感受更加敏銳——他們稱之為「**內感敏感性**」（interoceptive sensitivity）——也較可能以負面方式解讀心跳增加、流汗等生理反應。

Try this ▶ 一旦感受到身體出現負面的反應（例如心跳增加，並開始冒汗），提醒自己，這些只是正常、典型的反應。這個對策稱為**重新標記**。這些感受並未超出你身體面對不悅事物的正常反應。換句話說，避免過度在意這些自然反應。你可更進一步**迎接**或**接受**這些自然反應，對自己說：「這些焦慮感又浮現了！我會有這些感受是理所當然的，因為我即將上台演說，應付一件大事。」

另一種近期證明有效的重新標記技巧是，**把演說當成一件令人興奮的事**。既然焦慮和興奮的生理表現近似，諸如心跳加快、呼吸急促、面紅耳赤等，那麼把焦慮引發的反應視為興奮的反應，相對較容易騙過自己，從而避免演說焦慮產生的負面影響。緊張的講者容易糾結於內心的焦慮感受，因而對演說狀況悲觀以待，更強化其緊張的情緒。若能用興奮的心態面對演說，講者便可把焦點轉移到其他層面，將演說當成一件值得慶幸的事，反過來減輕本身的焦慮，增強演說的信心與表現。

Try this ▶ 要培養對演說的興奮之情，可在上場前進行以下三個步驟：

1. 大聲說出：「我很興奮能夠有機會發表這場演講。」

2. 列出演講可能帶來的正面又值得振奮的成果，例如：可資助一項你支持的計劃、得到升遷機會等。

3. 在演說的前一兩天，開始想像自己對於能發表演說感到很興奮。

▌緩解兩大常見焦慮症狀的祕訣

上述討論主要著重在焦慮反應所引發的生理症狀，比如：要有效應付焦慮，必須同時探究這些症狀及焦慮的來源。在探索焦慮的來源及相關因應技巧之前，讓我們先快速瞭解兩大常見症狀及其緩解之道。

演說焦慮，通常會導致身體出汗、臉部發紅，這是因為血流增加；要消減這些症狀，可以**降低你的核心體溫**。就像在小孩發燒時，我們會冷敷他們頭部或頸部幫助他降溫一樣。你可以握住一些涼冷的物品，比如一瓶冷水，就很理想。因為冰涼感可以降低體溫，減少血流增加造成的出汗、臉部漲紅等現象。

另一個可以減少緊張引發的發抖症狀的好方法，就是

給你的「**緊張能量**」一個出口。例如，偷偷擠壓你的腳趾頭，或是將演講時沒在比劃手勢的那隻手的拇指和食指輕輕擠壓在一起。這些小動作可以消耗你多餘的精力，去除發抖的症狀。

▶ 恐懼背後成因是什麼？

　　學術界喜歡將事物分門別類以方便解說。學者有一套分類法，將溝通焦慮分為四大類；第一類是所謂的「**個性導向溝通焦慮**」（*traitbased communication* **anxiety**），就是個性害羞或極度內向導致的焦慮。因為這類焦慮帶有強烈的遺傳成分，只有極少數人真正為此所苦──只有約7%的美國民眾符合臨床上的害羞定義。不過大家可能都認識真的很害羞的人。符合臨床害羞定義的人，無法上演講課，或甚至無法閱讀關於演講的書籍。他們的朋友不多，不敢參加社交活動，寧願一直待在家裡。可喜的是，心理與藥物治療皆可幫助這些為害羞所苦的人士減輕焦慮。

　　對於我們其他人來説，這套分類法還有其他三種類

型的「情境導向溝通焦慮」（*State-based communication apprehension*），是外部情況或其相關因素所導致。

首先是**處境導向焦慮**，也就是演說環境（場所及聽眾人數）會引發焦慮。舉例來說，你可能很熱衷於回收，與朋友共進晚餐或在咖啡廳聊到回收這件事，完全不會緊張。不過一旦必須站在眾人面前，發表五分鐘關於回收的演說，就開始緊張了。在這種情況下，你對溝通處境或環境的觀感會引發焦慮。

第二種是**聽眾導向焦慮**，你演說的對象會觸發這種焦慮。聽眾在許多層面各有不同特質（例如地位、專業、態度相似度等），而部分特質可觸發較多的焦慮。面對同儕或家人，你也許可以侃侃而談，但對象換成主管或潛在的資助者，可能就會讓你惴惴不安。一般認為，權力與地位是聽眾導向焦慮的根源。

第三種情境導向焦慮是**目標導向焦慮**，牽涉到你試圖達成的目標。你也許可以很流暢地和老闆報告工作進度，或甚至是聊談最新的足球比賽分數，不過要是想和老闆請求加薪或請假，就會緊張起來，讓你感覺緊張的是你試圖達到的目標。就定義上來說，目標指的是未來的狀態，就

是這些對未來的擔憂挑動你的焦慮。

好好省思演講焦慮的來源——**處境、聽眾或目標**——對你大有幫助。你的焦慮可能混雜不同類型的情境導向焦慮，但很可能是由一種所主導。確認焦慮的主要來源是何種類型，便可開始研擬目標明確且積極的對策，來緩解你的恐懼。

Try this ▸ 回想最近一次讓你感到焦慮的演講，問問自己是什麼造成你的焦慮？是否因為對於你的演講處境、聽眾，或是目標過於擔憂？

重點摘要

↘ 自信不光是指能夠應付焦慮情緒。有自信的講者對
主題懷抱熱情,並且以誠懇的方式傳達其訊息。

↘ 對於當眾演講感到焦慮是正常且自然的反應,不但
要預期,更要接受並迎接焦慮的到來。

↘ 演說焦慮是可以化解的,但需要時間與練習。你必
須找到適合自己的應對技巧。主要關鍵在於你的動
力及控制力。

　　瞭解焦慮的來源可幫助你找出適合自己的焦慮排解技巧。在下表中，簡述最近一次因為演說而緊張的經驗。詳細描述演說的情境、你的感受，以及你擔心可能發生的事情。

　　將剛剛寫下的描述讀過一遍，圈出任何與演說**處境／場所、聽眾**，或是**目標／演說**，造成影響相關的字眼。統計各個類別（處境、聽眾或目標）圈起的數量，圈數最多的類別可能就是你的焦慮來源。

實 作 練 習

第 2 章

焦慮來源和
解決方法

▶ 焦慮如何產生，又該如何排解？

　　要應對演說焦慮，必須控管兩大要素：（一）「你對恐懼的恐懼」，即「**焦慮敏感度**」（*Anxiety sensitivity*）及（二）對演說的恐懼。

　　有時候因緊張所產生的壓力，要比實際威脅帶來的壓力還要大。顯而易見，對大多數人而言，公開演說會引發恐懼反應。此外，壓力或焦慮感也可能令人畏懼。因此，必須確保你所使用的任何緩解焦慮技巧，除了讓你演說更有自信，也讓你更有能力控管對焦慮的反應。

　　在各種研究之中，有五大理論可解釋我們緊張的理由，而各個理論也提供了多種應付焦慮的療法或方式。你的目標應該是找出至少一種最適合自己的對抗恐懼策略或技巧。但要記住，要完全排除演說焦慮是不太可能的事。事實上，完全克服緊張情緒也未必有利。焦慮感可以讓你對重要的事情掛懷於心。如果你並不在意演說成功與否，那麼演說時可能也就不太在乎自己的表現。

　　演說焦慮排解得宜有許多好處：可以幫助你專注於演說，賦予你能量，讓你有餘力關注溝通的成效，並有動力

妥善準備。換言之，要讓對演說的恐懼成為你的援軍，而不是大敵。當然，要享有這些好處，得先調適面對自身恐懼的態度。因此，學會如何控管焦慮，不被焦慮所役，是我們努力的目標。

▌理論一：行為理論

　　根據行為理論，一般人面對演講時之所以會緊張，是因為缺乏演說技巧或不知曉成功演說的要訣，而心生恐懼。不妨想像一下：如果你是一個滑雪新手，有人讓你站在高手專屬的雙黑道（double black diamond）頂端，你會感到害怕……害怕得不得了。但若能隨著時間的推移，循序漸進上課、練習，努力鍛鍊滑雪技巧，就會變得比較從容自在。因此，根據行為理論，排解演說焦慮之道，便是**培養你的演說技巧**。在閱讀本書的同時，你便已踏上精進演說技巧的旅程。

　　探尋演說技巧還有一項附加的好處，就是可以認識和你有相同擔憂，也同樣有心精進演說技巧的夥伴。要提升自信，減輕焦慮，與有志一同的**盟友共同努力**，不失為一

條明路。這種共同努力的模式，也是互助會效益卓越的主因之一。

Try this ▶ 循序漸進培養你的演說技巧。可以閱覽書籍、參加演說課程、加入演講團體組織（例如，國際演講協會〔Toastmasters〕），分析出色講者的特質。透過積極學習演講的相關知識，並培養演講技巧，演說時就可更自在、更游刃有餘。

讀者可以造訪網站 NoFreakingSpeaking.com 或加入本書的臉書社群認識其他同好，學習新的訣竅。（http://www.facebook.com/SpeakingUpwithoutFreakingOut）

　　有個既有趣又相當有效的方法，藉助共同力量來減輕演說焦慮，就是**參加即興表演課程**。即興表演是一種戲劇演出方式，可以激發富有創意的臨場反應，以及積極傾聽的能力。參與即興活動或遊戲，必須在觀眾面前放下矜持，靜心嘗試多種不同表現方式。基本的即興規則，像是「只能說『好』」、「要失敗就失敗得轟轟烈烈吧！」，

可以讓緊張的講者體會面對大庭廣眾其實並不那麼可怕，甚至可以是獲益良多的經驗。

另一種極為實用又可簡單施行的行為療法，是從容不迫地**緩慢深呼吸**。也就是「腹式呼吸」——用鼻子緩慢吸氣，讓下腹部鼓脹——不僅可以舒緩緊張症狀（例如降低心跳速度），也能透過專注於吸氣與呼氣，消解焦慮所引發的雜念。此外，腹式呼吸可充分伸展橫膈膜，在此狀態下說話，聲音可以變得更沉穩，而沉穩宏亮的聲音可以表彰權威感，賦予講者更大的信賴度與公信力。

Try this ➤ 將一手置於上胸部位，另一手放在腹部。用鼻子慢慢深吸一口氣，使下腹部鼓脹。感受下方的手隨著腹部張開，同時上方的手維持平放姿勢。用鼻子緩慢吐氣，感受腹部收縮。為屏除雜念，吸氣時慢慢數到三，吐氣時再次數到三。讓意念專注於數息。重複同樣呼吸法數次。

就像適當的呼吸有助於放鬆心情，減輕緊張感，**得體舒適的穿著，可以讓你感覺從容自在，較不緊張**。新的研究結果顯示，覺得自己深具魅力的時候，心情會高漲，對

自身地位的觀感也會提升，進而有助於增強自信心。儘管風格與時尚不斷變動，一些基本的裝扮準則還是保持不變。

首先，穿著必須切合演說場合的要求，並符合聽眾的期望。矽谷的軟體公司向來以超休閒的穿著風格為傲，其工程師通常不太信任穿著西裝現身的講者。同樣的，紐約投資銀行家可能對身穿破洞牛仔褲和人字拖鞋的講者不屑一顧。你可能必須偵察一番以決定適當的衣著。若是心有疑慮，就穿得正式一點。

第二點，移除會分散注意力的物品，例如手錶、首飾、筆等。緊張的講者通常會胡亂擺弄衣飾配件。相關的注意要點還包括，如果你是長髮，請考慮把頭髮撥到後面，不時將臉上髮絲梳開或吹開的講者，會給人心不在焉、缺乏自信的感受。再來就是要穿著一雙適合久站的鞋子，儘量避免穿高跟鞋，因為鞋跟可能會發出很多聲響，行走也多有不便。我曾經看過一位重量級的女性高階主管，在發表主題演講時，她不小心絆到一條電腦線，導致鞋跟突然折斷而扭傷了腳踝，她最後是坐在凳子上一邊冰敷腳踝，一邊把內容講完。

最後一點是整裝彩排，穿著預定的衣服練習發表演講，如此一來，可避免實際上場時因服飾而分心。舉例來說，有些講者會因為打領帶妨礙呼吸而大感詫異，有些則是因為比劃大動作時外套墊肩聳起而心煩意亂。基本要義在於，穿著若能舒適得體，便可更有自信，避免自己和聽眾分散注意力。

Try this ➤ 考量演講場合及聽眾對你的期望，撥出時間選定適合演講的穿著。裝扮必須讓你自己感到自在，同時避免服飾或配件分散你的注意力。務必穿著正式上場的衣服和鞋子練習演講。

最後，為了克服剛開講時突然急升的焦慮，應該特別花時間練習演講前三十秒的內容。從悄然無聲到正式開講──也就是所謂的「**開場**」（*Commencing*）──是深具挑戰的一段過場，可能會帶來額外的焦慮，可利用制式的開場白練習順利開場，例如：對有幸發表演說表示感激、談談介紹你出場的人士，或是聊聊演講場合或場地。準備好開場白，便可利用開講時間掃視演講場所，熟悉所在環

境。就好比足球隊比賽前會先經過好幾次沙盤推演一樣，**規劃好你的開場白**可以讓你恢復鎮定，沉著以對。

開場白範例：

➡ 「很榮幸能受邀在此發表演講。」

➡ 「感謝（介紹人名字）剛剛這段美言。」

➡ 「我真的很興奮能來到（地點名稱）／參與這場（活動名稱）。」

 ➡ 在記事卡寫下你的開場白，練習演說這些字句。另外，還可以練習掃視整個場地，看向你的聽眾。

▍理論二：學習理論

還記得諾貝爾獎得主巴夫洛夫（Pavlov）對狗做的著名實驗嗎？他對一些狗加以訓練，讓牠們一聽到鈴聲就以為可以得到食物而流口水。這些狗學會將鈴聲的刺激與食物的出現聯想在一起。若將學習理論套用在演說焦慮，即

表示你莫名學會把公開演講與負面、不好，或令人心煩不安等聯想在一起。也許你學會將演講視為促發焦慮的事件，是因為年少時有過不好經驗、或聽說有個朋友或你關心的人有過不好的經驗，或是在媒體看過相關負面事件。換句話說，透過「**制約**」（*Conditioning*）的運作，某種心態的模擬會促使你將公開演講視為壞事。

　　根據學習理論，應付演說焦慮之道便是消滅對演說的恐懼。所謂「**消滅**」（*Extinguish*）是指消除受到制約而產生的聯結關係，或是用其他聯結取而代之。根據這個理論所發展出的緩解焦慮技巧稱為意象訓練（*Visualization*）。若你曾經是運動員，教練可能會要求你做意象訓練，想像自己運動的情景——也許是踢球入門、用球拍擊到球，或是把球投進籃框。運動心理學研究結果顯示，運動員精進技巧的最佳方式是練習，次佳的方法則是意象訓練。只要想像自己演講的情景，便可增進你的演說技巧、減輕焦慮，增加自信。

　　消滅演說恐懼的意象訓練要如何進行呢？假設你正在上演講課，在課堂上焦慮不已，深感苦惱，便可參考下面的練習稿範本，想像上課的情景。對這個訓練法有基本認

識後，就可針對自己及自己的演講場合量身編寫練習稿。

　　想像自己必須在演講課發表演說。在演講當天早上，你一覺醒來，覺得神清氣爽。前一晚睡得很好，通體舒暢。你開始著裝，穿上合身又讓你神采煥發的衣服，覺得自信滿滿。接著出門上課，交通順暢無礙，時間完全沒有延誤。你找到一個絕佳的停車位，剛好就是你想要的地點。走進教室，同學們已在教室內等候上課，看見你非常開心。課堂上每個同學都精神奕奕，興味盎然。輪到你上場演講時，你在全班面前起身，胸有成竹，肯定自己的能力，確信自己可以做得很好。在你演講之時，聽眾都能全神貫注。每個人都能理解你所說的內容，專心聽講。最後，眾人對你報以熱烈的掌聲，你知道自己清楚地傳達了自己的想法，聽眾可以瞭解你的訊息。在課堂末尾，老師稱讚你：「表現很棒！」你對自己的表現感到很開心，也知道自己盡了全力。

（此訓練稿改寫自 J. Ayers 與 T. Hopf 研究文獻所用版本）

必須注意的是，想像過程不只是專注在演説本身。事實上，根本不必特別專注在你的演説內容。有時對緊張的人而言，試圖放鬆心情，專注在即將講述的內容，反而會讓他們更加緊張，這種現象稱為「**放鬆引發的焦慮**」（*Relaxation-induced anxiety*）。這不是意象訓練的目的。真正的目的是要減輕緊張的情緒。所以應該全面觀照整體演説體驗，而不是只著眼於當中任何的特定要素。

　　讓意象訓練奏效的重要關鍵之一是，**演講數天前就開始進行訓練**，而不是臨近上場前再來抱佛腳。因為要建立新的思考模式，就必須提前好幾天進行意象訓練，而且一天要做一次或兩次才行。切記，這麼做是為了消滅、捨棄存在已久的負面聯結，以正面的聯結取而代之。

Try this ➜ 確認幾天之後有機會公開演講，在演講的三天前，心情平靜放鬆時，實地演練一次你自己改寫後的意象訓練稿（參見前頁的意象訓練稿範本）。接下來兩天再重複演練，記下訓練過程中及之後的感受，同時也記錄你關於演説的整體焦慮是如何消退。

「尋解導向療法」（*Solutions-focused therapy*）提供另一種與意象訓練類似的減輕焦慮方法，因為焦點也是著重在正面的成果。但尋解導向療法不想像未來的演說情境，而是回顧過往的成功經驗，不管是多麼微小都可以。舉例來說，你過去的開場笑話可能贏得滿堂彩，或是你針對自己的提案，清晰闡述了相關價值訴求，而獲得資助。將幾個成功經驗分門別類後，分析成功背後的要素；是因為你在演說時特別賣力？你的想法深獲聽眾共鳴？演講前一晚睡得很好？不論分析結果如何，都可提供一個出發點，做為精進未來演講表現的參考。藉由這種療法，可以讓成功經驗，而非習得的恐懼，成為你的導引。

Try this ➡ 記錄你過往的成功演說經驗。歸納完成功的經驗——不論是大獲成功，或小嘗勝績，找出這些成功背後的要素，是你做了什麼，或沒做什麼？是聽眾或環境有哪一點成為你成功的助力？找出這些因素後，可以重複應用於未來的準備、練習、表現。

最後要提醒的是，大多數的人都會沉陷在自己的負面

回憶裡，造成心情更糟，若是長此以往，可能甚至會導致憂鬱或逃避傾向。不過研究學者卻發現，**回想負面回憶中的情境要素**，反而可以減少負面回憶的短期、甚至可能是長期的影響。這項研究指出，要是能回想與負面演講經驗同時存在的關係或環境要素，那麼實際上，可以將你的注意力從自身的糾結與負面感受中抽離開來；例如，你可以回想當時在場的朋友、事件發生當下的天氣等等。既然這麼多人都受到過往經驗影響，而對演說帶有負面觀感，若能因勢利導，回想這些負面經驗發生之時其他面向的細節，反而可身受其惠。焦點轉移到新的目標後，可以將你從這些負面經驗的強大桎梏中解放開來。

Try this ➤ 回想一次負面演說經驗中存在的兩個正面情境要素。比方說，演說結束後的餐食，或是結束時同事給你的鼓勵。未來回想此一事件時，將這兩個正面要素納入回憶。

▍理論三：生物理論

　　生物理論對於人們感受到焦慮的原因提出兩種解釋：
（1）你會緊張，是因為身體釋放神經傳導物質與賀爾蒙，
促發並加劇焦慮反應；（2）你在眾人面前演說會緊張，
是因為你的恐懼反應被過度激發。

瞭解神經傳導物質及賀爾蒙

　　首先，在遭遇威脅時，例如公開演講，一組稱為
類皮質糖素（glucocorticoid）的化學物質，包括皮質醇
（cortisol）與腎上腺素，會釋放至你的全身。這些化學
物質有些會引發反應（例如加快心跳），有些則是抑制
反應（例如停止消化作用）。可以阻斷或攔截恐懼所引
發的神經傳導物質及賀爾蒙作用的藥物早已問世多年，
而一些藥物，如 β 受體阻斷藥（beta-blocker）、寧神平
（Valium）、某些種類的抗憂鬱劑等，則可減少部分的焦
慮症狀。不過這些藥物有副作用，像是使用有成癮、無法
集中精神、降低血壓等風險。值得注意的是，乙醯胺酚
（acetaminophen，泰諾止痛片〔Tylenol〕的成分）近期經

證實可減輕恐懼引發的生理症狀，但必須謹慎使用，因為有諸多擔憂是關於用量過度可能導致肝臟受損。

研究學者也發現，有助於促進人際關係的催產素（oxytocin），可以減少許多社交焦慮的症狀。有別於上述藥物，人體可以自然製造大量的催產素。每當你擁抱朋友、和親戚講電話、握手，或親吻配偶或小孩，身體便會釋放催產素。事實上，光是想到至親好友對你的關愛，就可減少演講帶來的負面感受。

Try this ➤ 在演講前，撥出時間和能夠給予你社會支持的人在一起（或是想想這個人）。也許可以和這個可提供支持力量的人一起走到演講場地，或者，也可以與一些支持你的聽眾握手，這些互動可以讓你的身體**釋放大量的催產素**，自然而然地舒緩一些關於演講的不安情緒。

其他研究則顯示，勇於面對恐懼，實際上可以減輕你的焦慮感，也就是當你勇敢面對時，身體釋放的神經傳導物質可以弱化皮質醇與腎上腺素的影響。

Try this ▶ 演講前展現勇敢的舉止，讓身體釋放神經傳導物質，減輕皮質醇與腎上腺素引發的緊張症狀。你可以自願第一個上台，或向前一個講者發問，或是介紹在你之前上台的講者。

如何克制過度反應

　　根據生物理論對於演說焦慮成因的第二項解釋，人們對引發焦慮的狀況或刺激反應各有不同。有些人比較敏感，反應門檻較低，或是較其他人激烈；例如下列情況：你和朋友一起去看電影，螢幕出現可怕的東西，朋友嚇到幾乎要從椅子上跳起來，但你自己的反應卻是微乎其微。兩人觀看的是同樣的東西，但反應大相逕庭。演說焦慮也存在這些個體差異。

　　調節這種生物機制的技巧稱為**系統減敏法**（*systematic desensitization*），又稱為暴露療法（exposure therapy）。這個方法可改變特定嫌惡刺激（aversive stimulus）與焦慮情緒之間無意識的聯結。具體步驟如下：循序漸進地讓自己反覆暴露在令你懼怕的事物面前，暴露情境會逐次變得更真實、更直接，最後，你便可放膽去做原本令你懼怕的

事——例如搭飛機、走過一座很高的橋樑，或是發表一段演講——但不會感到緊張。

　　運用系統減敏法的第一步，是確認自己在緊張時，生理上會有什麼反應，身體出現的第一個焦慮徵兆是什麼？像是某個肌群可能會緊繃，或可能開始感到反胃想吐，或是頭痛；因為焦慮來襲時，每個人都有各自的先行觸發症狀。採用系統減敏法時，你必須要能意識到自己的觸發症狀，一旦開始感受到症狀，才可利用放鬆的技巧阻斷或阻止焦慮反應。

Try this ➡ 用一分鐘的時間讓心靈沉靜下來，放鬆你的身體。
　　你可以閉上雙眼，做幾次深呼吸等等，感覺心情較平靜後，回想最近一次讓你感受到壓力的事件。試著找出開始回想壓力源頭時，身體出現的第一個反應。這個反應便可能是觸發你焦慮的症狀。

　　幫助身體放鬆的技巧多不勝數，例如深呼吸、做瑜伽、洗溫水澡、練氣功等等，還有一個簡單又有效的技巧是**循序式肌肉放鬆法**（sequential muscle Relaxation），實施

步驟是循序漸進地繃緊身體各個肌群幾秒鐘，然後再慢慢鬆弛肌肉。比如，從足部開始，慢慢進行到小腿、大腿、軀幹、雙臂，透過觀照你的呼吸——肌肉收縮時屏氣默數一、二，鬆弛肌肉時則緩慢吐氣默數一、二——可以大幅減輕你的焦慮。只要感受到焦慮的觸發症狀，便可運用放鬆技巧，直到身體真正放鬆為止。

Try this ▶ 採坐姿或臥姿來進行循序式肌肉放鬆法，過程中一邊說出實施的步驟，先從繃緊、鬆弛腳趾頭開始，同時觀照你的呼吸；接著持續擴展到全身，直到繃緊、鬆弛額頭肌肉為止。完成整個過程後，你應該會覺得較為放鬆，並注意到氣息變得更飽滿平穩。

　　現在便可正式進行系統減敏法，若想減輕站在大庭廣眾前發表演講的緊張感，不要一開始就想像讓你感到最緊張的事物，先從緊張感較小的事情開始；比如，想像自己只是在撰寫講稿，這時甚至還沒有動筆，不過是在想像寫講稿罷了。但對許多對演講感到不安的人來說，這已足以觸發緊張反應。這時就得立即借助放鬆技巧，不斷重複進

行，直到感覺放鬆，而且想到撰寫講稿時不會再引發強烈
緊張情緒為止。這個過程可能需要一小時、一天、一週、
一個月，或甚至一年──它可能需要很長的時間。

接著，可以按部就班，邁進下一個引發焦慮的階段，
例如開始寫講稿。焦慮感開始湧現時，可以再次借助放鬆
技巧，重複進行至寫講稿時不再感到焦慮為止。下一步就
可以站在鏡子前，練習發表演講，同樣可以透過放鬆技巧
來緩解你的焦慮。經過一段時間，也許需要很長一段時
間，你便可阻斷過度的焦慮反應，能夠起身面對聽眾侃侃
而談。

系統減敏法確有實效，而且效果十分顯著，但需要一
段時間才能奏效。一些專業人士，例如治療師、演講指導
教練等，就是全心致力於協助人們完成這段暴露療程。

Try this ➡ 列出發表演講時，脅迫感遞增的五個階段。首先放
鬆自己（參見前頁的「Try this」），然後想像自己
處於脅迫感最小的階段，當緊張感一浮現，就開始放鬆練習，
重複這段過程，直到脅迫情境不再觸發緊張情緒為止。之後便
可針對脅迫感遞增的下個階段重新開始。

▌理論四：認知理論

認知理論從四大面向解釋焦慮成因：（1）預設框架（framing），（2）否定的自我對話（negative self-talk），（3）重複否定歸因（repeated negative attribution），（4）非理性思考（irrational thinking）。在各個面向可運用不同的技巧來克服焦慮。

重建框架情境

許多人認為演講就好比演戲，演戲時必須在確切位置，以某種方式說出特定台詞。一個演員若沒能在適當時刻說出台詞，或站到定位，結果會如何？結果就是造成其他演員及舞臺工作人員的困擾，也會讓觀眾感到困惑。表演方式有對錯之分，由此衍生的焦慮，是造成許多演員緊張的主因，他們知道自己可能會犯錯。

發表演講並不是演戲，不過有許多人認為是一樣的，他們認為演講方式有對錯之分，但實際上並沒有。當然，有比較好的演講方式，但沒有單一的正確做法。因此，這裡要介紹的第一個認知技巧，牽涉到心理學家所稱的「**再**

評估」法，套用在演講就是「**重建框架**」，將演講情境視為非關演出的場合。

那麼，我們應該將演講設定為何種情境？研究結果顯示，將演說視為對話，而非一場演出，可以顯著減輕焦慮及增加對聽眾的親和力。就如同任何對話一樣，聽眾可以給予你立即且直接的回應——儘管因為你是實際上唯一說話的人，所以他們給的是非語言的回應。

大多數演講會緊張的人，和朋友、同事或家人談論相同主題時並不會感到緊張。假設你要說明為何客戶應該買你的產品，你和朋友坐在一起談論為何客戶應該向你購買產品時，你不會感到緊張；然而，一旦被要求去面對潛在的客戶，說明為何他們應該買你的產品，可能就變得緊張無比。因此若能將演講**重新定義為對話情境**，而不是一場演出，你應該會覺得比較從容自在。

但是究竟應該怎麼做呢？只是告訴自己：「好，我要和大家來聊一下」，對緩解緊張情緒不會有太大效用。首要的重點在於**不可背稿**。背稿就是假設你想說的內容有正確的表達方式（就是你背誦的方式）。反之，應該練習「**即席演講**」（*Extemporaneous speaking*），也就是練習依據

演講大綱的要點，大聲講述你的想法。

更好的方式是，只將大綱的要點列成問題。這種由問題組成的大綱，可以讓你準備好與聽眾互動，因為問題會牽涉到對話。每次講述這些要點時，你的表達方式可能有所不同，但傳達的仍是你的中心論點。

此外，在練習時，不要站在鏡子前或鏡頭前演練，而是坐在咖啡桌前，或與朋友或家人坐在咖啡廳，向他們述說你的演講內容。演講時，要多用「你／你們」等字眼。善用「你／你們」，可以用言語直接引起聽眾的共鳴，強化演講的對話語調及對話感。如果現場有你認識的觀眾，也可以說出觀眾的名字，就好比在對話時，你會藉由說出對方名字來建立關係。

最後一點是，用向聽眾發問的方式來開場，各種問題──不管是正反問句──都是展開對話的利器，這些技巧都有助於將你的演講轉換成對話。

將演講轉換成對話的實用祕訣：

➡ 依據大綱條列的要點即席演說。

➡ 在對話場合練習，比如晚餐餐桌前。

➥ 多用「你／你們」來和聽眾互動。

➥ 提到聽眾群中一些人的名字。

➥ 開講時先問聽眾問題。

Try this ➥ 針對特定演說彙集自己的構思，並從中整理出清晰脈絡之後，請一兩位朋友一起坐下來，聽你講述自己的想法。記住，你不是在演講或演出，而是在與他們聊天對話。

對抗否定的自我對話

　　大多數的人經常會自言自語，而這些自我對話通常是負面、消極的，像是：「你一定會搞砸」、「你的頭髮真難看」、「你一定會忘記要說什麼」等。對於為演講焦慮所苦的人來說，這些負面想法不僅會擾亂思緒，也充斥於心。除了令人心煩意亂，這些負面想法還會造成「**自我應驗預言**」（*self-fulfilling prophecy*）效應——也就是你預期某件事會發生，就真的發生了，因為是你自己招致的。

　　應驗機制是如何運作的？舉例來說，你準備要發表一場演講，於是對自己說：「我表現一定會很差。」這種思

考過程會增加你的壓力，造成演講不盡理想。由於你的消極思考，演說就走向了失敗。

要扭轉這種惡性循環，只需將負面的批評轉換成**正面的肯定**。與其對自己說：「我一定會搞砸」，不如說：「這是和聽眾分享個人經驗的大好機會。」要注意的是，肯定的話語不能樂觀到超乎常理，不能說：「這會是有史以來最棒的一場演講！」這方法的用意只是讓你體認有個大好機會可以傳達自己的想法，覺察有好機會就會產生正面的感受，繼而讓心情放鬆下來。心情愈放鬆，演講就愈能表現良好。要利用自我應驗預言獲得正面，而非負面的成果。

你甚至在準備演講前，就應該想好一些恰當，而且對你有效用的正面肯定語詞，那麼在你上台演說前，就可以有意識地說出其中一個肯定語詞。肯定的語詞不是很長的諺語，或包含太多概念；關於提升運動表現的研究發現，簡單一、兩個字的口號（例如，**專心、冷靜、有趣**）能發揮實質效益，可以排除過度的思慮，減少負面的自我應驗預言。如果苦思不到有用的肯定語詞，可以將焦點集中在你重視的價值，比如教育（例如「我可以在演講中教授聽

眾很有價值的概念。」）、公平（例如「現在輪到我來分享我的想法。」）等。

正面肯定範例：

➡ 大家會用心傾聽我的想法。

➡ 聽眾可以從我身上學到很有價值的概念。

➡ 我以前發表過同樣主題的演講，表現很好。

➡ 我可以掌控場面。

➡ 熱情。

➡ 共鳴。

Try this ➡ 想出一個對你有效用的正面肯定語詞，務必要簡短易記，合乎常理。大聲練習，朗誦出來的肯定語詞可以賦予你力量。務必在演講前說出肯定自我的語詞，而且在開講的前一刻才對自己說。

　　與正面肯定概念相呼應的是，研究證實**樂觀想法有助於減輕焦慮**。你可以透過兩種方式享受樂觀帶來的好處：第一是，樂觀期待演講場合之外的事物，思考演說後有哪

些正面、愉快的事件：例如，如果是在餐會中發表演講，可以想著演說完畢後就能享用的美味巧克力甜點。另外，也可以想像在週五公司全員會議發表演講後，週末將參與的某項有趣活動。第二是，用「半杯水看滿，不看空」的思考模式，樂觀看待這場演講。大多數緊張的講者將演說視為具有威脅性的場合，總是硬著頭皮上場，應該抱持樂觀態度，將你的演講視為一次大好機會。想像未來你所期待的賞心樂事，將上台演講視為一個好機會，有助於減輕你在當下的焦慮。

Try this ▶ 列出你期待可能在演講之後見到的事項，可以是各種活動或物品。藉由設想未來與演說無關、跳脫演說場合的樂觀成果，可以減輕演講時的焦慮感。

　　有趣的是，雖然罵髒話通常給人負面觀感，但這也可讓你覺得更有自信，緩解緊張感。實際上，**說粗話**能幫身體準備好應對難局，換言之，咒罵的時候，身體會進入備戰模式，精神更專注，忍痛力也提高。緊張的講者或是演說新手如果在上台前說些粗魯不雅的字眼，可能會有所助益。

拉開你與恐懼的距離

「**歸因**」（*Attribution*）是指說明事件發生的原因。如果你對即將到來的演說焦慮不安，通常會極為負面看待自己及整個演說情境。你可能會開始預想自己會失敗，解釋會表現不佳的原因：「我晚上沒睡好」、「我真的沒有好好查詢資料」、「我沒有足夠時間準備。」甚至在演講前，你就找好了各式各樣的藉口和理由，解釋自己為何會失敗。此外，由於人們很容易將就於自己最低的期望，你的想法通常會導致自身的失敗。

打破這種負面歸因循環的有效方法是**覺察當下**，也就是「正念」。在許多其他療法中，**正念**（mindfulness）可以提升認知彈性及能力。正念也可教導你如何不帶批判眼光體察自己的想法與感受，進而讓你更安然自在，能夠專注在演說上。在正念覺察下，會覺得沒什麼必要為可能的失敗搪塞理由，並能客觀看待事物，消減自己的焦慮。因演說而感受到負面或緊張的情緒時，斷然告訴自己：「這是我在為演講感到緊張。」這種「肯定的想法」可以將你從緊張的情緒抽離出來，反過來覺察自己緊張的樣貌。如果能跳脫自我，你就有機會可沉澱心情，覺得自己能夠掌

控局面。此外，一旦擺脫負面情感的糾纏，可以轉而聯想正面的情緒，例如平靜、愉快等，如此將可更快減輕你的焦慮感。

　　心中感受到任何強烈的情緒時，都可以採用相同做法。比方說，你現在感到很緊張、憤怒或嫉妒，只要抽出片刻告訴自己：「這是我在感受這些情緒」，在你和自己的感受之間築起小小的反思空間。如此一來，你便可反問自己：「好，那我現在應該怎麼做？」這種技巧可以讓你反問自己一些有所幫助的問題，避免沉浸在焦慮、憤怒或嫉妒的情緒之中。你會覺得有能力掌控自己的情緒。

Try this ▶ 練習將自己從情緒中抽離。回想最近一次讓你情緒激動的事件，不論是正面或負面的，重新感受當時的情緒，有意識地告訴自己：「這是我在感受到⋯⋯的情緒。」體會和情緒保持距離的感受。透過這個練習，可以更清楚看待及評估你的感受與反應。

理性思考

「認知矯正」（*Cognitive modification*）法是用來矯正關於演說恐懼的非理性思維。仔細想一下，公開演說可能發生的最糟狀況，你會發現後果並不是那麼可怕。想一想，可能發生的最糟狀況究竟是什麼？你可能忘了講詞、或其他人可能認為你沒有好好準備，也許會嘲笑你。第一件要體認到的事是，你過去也有把事情搞砸的經驗。有誰沒做過傻事？有誰沒有被嘲笑過，或忘記重要的事？關鍵在於：你還是挺過來了！過去的事讓你耿耿於懷，可能心裡不好受。你可能不得不做出一些重大的人生改變，但你還站在這裡，而且通常比以前過得更好。

接下來，思考一下，你最大的恐懼實際成真的可能性；如果你害怕忘詞——呆站在原地啞口無言——發生的機率（從 0% 到 100%）有多高？機率百分之百表示絕對會發生，機率為零則是絕對不會。從這個角度看待你的恐懼，你會發現有點不理性。恐懼成真的機率與你對恐懼的巨大反應，根本不成比例。面對負面結果**能理性思考，相信自己的韌性**，是以認知理論的另一個面向來排解焦慮的做法。

Try this ➡ 花一兩分鐘的時間寫下得知必須發表演講時，心中浮現的所有恐懼，在空白頁上方寫下：「我發表演講時，我害怕……」。然後，儘可能列出你所有的恐懼，不管是多愚蠢或奇怪。（例如，「我害怕會忘詞。」）

接下來，寫下（1）若特定的恐懼成真，對你自己及聽眾可能造成的最糟後果；（2）這個恐懼在你下一場演講成真的機率（以百分比表示）。（例如，「我會當眾出糗，聽眾會覺得很彆扭並嘲笑我。」、「我有 10% 的機率會忘詞。」）

檢視自己寫下來的恐懼。要注意的是，你所懼怕的事雖然是真的，但通常並非迫在眉睫，或甚至不太可能發生；即使恐懼成真，所造成的後果也不至於多慘重。

最後一點是，經過證明只是**寫下你的恐懼**及憂慮，就可減輕各式各樣的上場焦慮——從考試、運動表現到上台演講，不一而足。同樣的，**講述恐懼所帶來的感受**，也可減輕你的恐懼感。以白紙黑字寫下你的恐懼，或將恐懼大聲說出來，都可以釋放你的恐懼感。

此外，透過明確描述你的恐懼，這些恐懼就會變得不那麼個人化。簡而言之，這些恐懼會變成「單純」的恐

懼，而不是「你的」恐懼。在描述恐懼經驗時，你所用的字句會影響所產生的效果。在描述過往演講帶給你的焦慮，以及焦慮感造成的影響時，請用**過去時態**表示。比如，「我忘了第二點」，而不是「我一直忘記重點」。

　　描述自己感受的字眼愈負面，焦慮的緩解程度就愈大。比如寫下：「那場演講『**好恐怖**』，我真是『**嚇到不行**』，『**搞不好會忘記**』重點，在同事面前『**大出糗**』。」研究結果顯示，在寫下及說出對恐懼的感受時，如果能夠包含一些自我肯定的話語，可以減緩焦慮反應。因此在恐懼清單的末尾，寫下諸如「儘管有這些恐懼，我還是會全力以赴」，或是「雖然有這些憂慮，我還是能好好表達我的主題」等字句，將有助於提升你的自信心。

Try this ➡ 寫下或大聲說出你對演說的擔憂及恐懼，詳細描述你抱持的負面感受及憂慮，但話語總結時，至少包含一句自我肯定的話語。

▌理論五：演化理論

　　根據演化理論，你會感到焦慮，是因為擔心目前所做的事會產生不好的結果，滿腦子想的都是在班上拿到 A 的成績、得到工作、談成一筆生意，或是不讓自己出糗，這些都是在你演說後，未來可能發生的事。

　　演化的基本要義之一是，地位至關重要。地位是指你在社會階級所處的位置。一萬年前，在人類演化初期，擁有崇高地位可以讓個人享有存活下來的基本必需事物，像是棲身之所、性伴侶、食物等，換句話說，擁有較高地位存活的可能性就較大。反之，地位低就較難取得資源，因而降低存活的可能性。

　　由於在眾人面前演講極有可能導致種種負面後果，演化心理學家指出，社交焦慮（以公開演講焦慮為大宗）是人類適應性演化的結果。也就是說，演化造成你對社會地位有根深柢固的憂慮，導致你會不斷評估自己和其他人的比較，以及擔心危及你當前地位的行為會引發哪些後果。公開演說對你的地位構成了十分顯著的威脅。

　　要如何擺脫不斷評估自身地位的習性，以及與生俱來

的恐懼？在演講前**專注在當下**，避免思考你的作為可能帶來的後果。專注在當下的體驗，又可稱為**心流**（flow）體驗、品味當下，或是心無旁鶩，意指你全神貫注在當前這一刻，渾然不覺時間的流逝、不為外物所動，進入忘我狀態。專注於當下可將你的注意力從緊張感的源頭轉移開來，並減少焦慮的來襲。你一定有過在特定狀況中全心投入在當下的體驗，像是從事某種運動，或是演奏某種樂器，又或者是和至親好友促膝長談。

　　有許多技巧可以幫助你更專注於當下，活動筋骨就是其中之一。我知道有位專業演說家，他在開講前會做一百個伏地挺身來緩解緊張感。完成伏地挺身後，他就跳起身跨步上台，展開他的演說。伴隨他上台的，除了專注在當下的意念，還有一點點汗水及震顫的臂膀肌肉。勞動筋骨時，很難有餘力思索未來的事。另一位專業演說家會在演說前一刻玩掌上型遊戲機。她將手錶鬧鐘設定在演講開始的時間，然後大玩俄羅斯方塊之類必須聚精會神的遊戲。她完全沉迷其中——凝神專注在當下——以致於鬧鐘響起時嚇了她一跳，接著她便好整以暇地關掉鬧鐘，走上台發表她的演講。

聆聽音樂也有助於誘導自己全心專注於當下。找出可以讓你聚精會神聆聽的歌曲或是曲目，整理成播放清單，練習讓自己沉浸其中。發揮幽默感也是可以專注在當下的一種有趣方法，不妨觀看一段有趣的影片、欣賞一套喜劇，或是與親友來段幽默的對話，開懷大笑通常代表著高度專注在「此時此刻」。

　　還有其他方法，比如倒數數字或唸繞口令，也可避免演講前的思緒飄到未來，因為倒數數字需要專心一意才不會出錯，而要正確唸出繞口令卻不聚精會神、不專注於當下，幾乎是不可能的事。最後這兩種方法不但可以減輕你對演講的焦慮，若能大聲練習，還有助於你在開講前先暖好嗓子。

即將演講前有助於專注在當下的實用祕訣：

➡ 聆聽喜愛的音樂。

➡ 從事中等強度的運動或伸展活動。

➡ 觀看、閱讀或聆聽有趣的書或戲劇。

➡ 倒數數字。

➡ 重複唸繞口令。

有個更為高階的技巧可幫助你專注於當下，這是一些必須不斷反覆發表相同演說，但仍會緊張的政界人士所使用的方法。比如，某位政治家會請別人任意給她兩組字詞，像是「綠色」與「單車」，接著她會將這些字詞融入制式的演說中，但不會讓人感到突兀。她不會直接說：「感謝您今日的蒞臨，綠單車。我們即將……」反之，她會將這些新穎又毫不相干的字眼巧妙地融入她正常的演說。設想一下，她為此非得逼迫自己做的事，就是她必須非常專注在自己的講詞上，全心全意投入在當下。

能夠活在當下，不憂未來事，可謂人生一大享受，同時也有相當大的實用價值。然而，大多數的成年人都只著眼於未來。因此，要訣在於勤練相關技巧，讓你能夠因應情況所需，更專注於當下的狀態。

Try this ➡ 將以下的繞口令大聲唸三次：「I slit a sheet. A sheet I slit. And on that slitted sheet I sit.（我割開了一條床單。一條床單被我割開了。我坐在這條割開的床單上。）」若是說錯了，就會變成不雅的字。因此，在說繞口令的時候，不太可能分心想其他的事。

➘ 投入時間學習如何發表演講，並實際演練，有助於建立自信心。若能在充滿支持與鼓勵的環境（例如在班上或國際演講協會〔Toastmasters〕）下練習，可獲致更大效益。

➘ 沉穩深呼吸有助於減少生理焦慮症狀，並有助於發揮更佳的嗓音及音量。

➘ 做減敏訓練，讓自己更習慣及更能掌控演說場合。意象訓練、漸進式暴露法、在實際演說環境中演練等，都能有所幫助。

➘ 將演講重建框架為對話情境。根據大綱而非講稿來演說，避免死背。

➘ 專注在當下，避免自我煩惱可能發生的後果。

回想最近一次的演講場合，如果一切順利進行，背後有哪些因素促成你的良好表現？如果表現未盡理想，又是哪些因素造成？

回想時，請思考下列各點：

➤ 聽眾身分（你是否認識他們、他們是否熟知你的主題、你是否曾在他們面前發表過演說）。

_____

_____

_____

_____

➤ 你的演說模式（面對面、透過網路、站著、坐著等）。

_____

_____

_____

_____

➤ 涵蓋的內容（是否對你來說是新題材、是否有撰寫大綱、是否備有講稿、是否使用投影片）。

➤ 演說的環境（場地的大小、座位如何安排、演講是在當天的哪個時段）。

➤ 你的準備方式（是否有大聲練習、演講前是否有先勘查過場地）。

➤ 與聽眾之間的互動／聽眾的共鳴度（你是否在演說時問聽眾問題、是否善用和聽眾相關的小故事來闡述己見）。

➤ 演說保健（演講前是否有好好吃飯、前一晚是否有好好休息、開講前是否有攝取咖啡因）。

第 **3** 章

自信表達

▶ 焦慮有哪些表徵？

雖然聽眾無法感受到你因焦慮而產生的身體反應，但他們可以觀察到焦慮所導致的行為舉止，從中推斷你的自信程度。那麼，聽眾如何得知講者何時是緊張不安的？演說時常見的緊張症狀包括「**言語不流暢**」（重複用詞、結結巴巴、使用虛詞，如「呃」、「你知道」、「我是說」）、缺乏眼神接觸、臂膀雙手亂動、呼吸短促、身體搖擺不定、來回踱步、說話速度異常（太快或太慢），以及身體失調，例如嘴唇發乾、掌心和眉頭發汗。這些焦慮所引發的行為可以歸類為**激動型**（不時動來動去、說話快速、多有語塞）或**僵硬型**（吐字生硬緩慢、停頓良久）。

當然，你並不是刻意從事這些行為，這些行為會浮現是因為演講焦慮造成「**認知需求**」增加，使你心無餘力阻攔這些焦慮症狀「**洩露**」（*Leakage*）出來。這種情況就好比某個撲克牌玩家拿了一手好牌，其他玩家透過他不經意的非語言舉動，看出他認為自己穩操勝算。以演講來說，和說話相關的焦慮可能導致你顯露出緊張感。

▌如何掩飾緊張感？

你可以積極練習用自信的姿態來發表演說。在表演上，這種技巧稱為「裝腔作勢」，我喜歡稱之為「**演久成真**」法。以下列舉的是各種展現自信台風的建議，不管你是否真的有自信都可派上用場。

眼神接觸

有自信的講者會和聽眾保持眼神接觸，藉此取得聽眾的共鳴。聽眾認為這種直接又持久的眼神接觸，傳達出更高的地位及從容感。近期科學實證顯示，眼神接觸可以引發「**接近動機**」（*approach motivation*），也就是促使透過眼神接觸而產生共鳴的兩方，想要更接近彼此。西方人有「看著我的眼睛說實話」，或是「眼睛是靈魂之窗」等說法；此外，眾所周知，缺乏良好的眼神接觸，或更糟的是飛快瞥過幾眼，都會讓你看起來緊張不安、虛情假意，或兩者兼具。再者，不看聽眾會使他們感到被排斥，繼而對你心生憤慨。當然，望向聽眾可能是一大難事，因為光是看到他們回望你，就夠心驚膽跳了。由於演化使然，我

們會不自覺從人們的臉孔解讀龐大的社交資訊（例如，你遭受到威脅了？你理解了嗎？你人緣好嗎），望向聽眾很容易讓你分心，增加你的**認知負荷**（*cognitive load*）。正因為認知負荷會增加，所以即使是演講達人，在思索下一段的想法時，也通常會將目光轉開。因此，你必須學習做出假裝的良好眼神接觸。

要如何做出假裝眼神接觸？在離聽眾半公尺或更遠的距離，試著看向眾人的眉心──就是不把毛刮掉或拔掉就會讓你長出「一字眉」的地方，令人驚訝的是，聽眾會以為你在直視著他們。最終，你必須培養出能從容直視聽眾眼睛的能力，但在這之前，這種「假裝」的技巧可暫助你一臂之力。

能從容看向聽眾後，你必須擴散眼神的接觸範圍，讓目光涵蓋到所有的聽眾。但沒有必要一個個直視，尤其是面對龐大的聽眾時，比較有效的做法是劃分四個象限，往各個不同的方向看去。此外，在環視全場時，避免用重複的模式掃視。最後一點，這也是我經常被問到的問題，目光在一位聽眾身上應停留多久再轉往下一位？我也希望能給出確切的時間，但共鳴屬於藝術而非科學範疇，基本上

就是感受到共鳴後，再繼續將目光轉往他人。

站姿、姿勢、動作

　　自信的講者會避免做出使聽眾分心的肢體動作，搖晃或傾斜身體實際上可以安撫自己──就像是小孩子吸吮大拇指一樣，但對聽眾來說，這些舉止代表著緊張的跡象。為了去除不必要且會使聽眾分心的動作，可將雙腳朝前，立於肩膀正下方，膝蓋微彎，一腳置於另一隻腳前方一吋；這樣的站姿可穩定身體，不輕易搖晃或傾斜。

　　此外，緊張的講者會心生退怯，為了讓自己看起來更渺小，身體會退後或歪斜，同時將雙手縮在胸前；想像一下正被對手痛揍的拳擊手──他會往後退，將雙手縮起來靠近身體，並彎下頭來──在遭受滿身是汗、揮拳相向的攻擊者威脅時，這種保護的姿勢相當合理。然而，這種司空見慣的姿勢，對演講者來說就太糟糕了！為了抵抗這種心生退怯想保護自己的自然傾向，開始演講時，你必須筆直站好，往聽眾方向跨前一步；向聽眾靠近，會讓你看起來自信又有親和力；挺立而站可以讓你充分呼吸，發出最宏亮的聲音。

事實上，研究結果指出，能夠充分伸展身體且占滿週遭空間的人，看起來會更有力量及說服力。很有意思的是，單是占據更多空間，就可以讓你覺得更有力量。研究顯示，當你挺直站立，傾身向前，占據更多空間時，身體會釋出較多的睪固酮（可減輕焦慮的神經傳導物質），以及較少的皮質醇（可觸發恐懼反應的神經傳導物質）。

　　除了在開始演說時向前跨步，在各個重點之間轉換時，也可移動腳步。隨著重點轉換而走動，可豐富聽眾的觀感，同時讓你能夠照顧到另一部分的聽眾，且不會顯得肢體太過僵硬。進行這種過場的走位有兩大要點：第一，務必用最靠近你目的的那隻腳邁開步伐，而且不要背對你走離方向的那一側（就是避免讓肩膀正對著你邁進方向的牆面，應該讓雙肩呈四十五度角）。第二點則是，到達定位停下腳步時，務必讓雙腳呈前述的平行站姿，避免自己的姿勢搖擺不定。

手勢

沉著洗練的講者會維持平衡站姿，透過向外伸展的手勢獲取聽眾認同。向前做手勢時，手要伸離身體——就是手肘張開，遠離你的身體。避免擺出——我一位客戶所稱的——「暴龍」姿勢，也就是雙肘緊貼身體兩側，兩隻手在胸前擺出小動作。想像伸出手臂時，就像是要與某人握手。若是向兩旁做手勢，手務必要超出肩膀。如前文所說，開展的手勢可以占據更多空間，就不會出現緊張講者的保護姿態。要記得，讓手伸向聽眾或超出肩膀，會讓你看起來有自信與親和力。

如果擺手勢對你來說很困難，演講時可從練習「**描述性手勢**」（*Descriptive gestures*）開始，也就是用手勢模仿你要描述的事物。舉例來說，如果講述公司的成長，可以將手臂往右上方移動，來代表成長走勢。能自在地做手勢後，可使用「**強調手勢**」（*Emphatic gestures*）來強調你的重點，但不要先擬好配合特定字句的強調手勢。因為事先排定的手勢會讓你分心，看起來較不真誠。

有個練習手勢的好方法是，**錄下自己演說的音檔**，然後在站著排演手勢時播放出來，由於這時不需費神思考要

說什麼，所以可讓你專注在手勢及其他非言語舉止上的練習。

耐人尋味的是，研究結果指出，**刻意擺出手勢可以有效減輕講者的認知負荷**，讓你更專注在講詞上。比方說，在對話中，你可能會自然擺出手勢，這一動作可以減輕你的心力，讓你能夠注意理解談話對象想傳達的訊息。

聲音表情

要發表一場動人的演說，聲音的重要性至高無上，對於沒有實際面對聽眾、透過電話會議或網路研討會發表演說的人而言，則更重要。道理在於，聽眾很容易失神，一旦心不在焉就難以喚回他們的注意力。為了對抗聽眾易於分心的自然傾向，聲音表現必須有變化性。

各位可能都忍受過聲音單調乏味的講者，就像班·史坦（Ben Stein）在經典老片《蹺課天才》（*Ferris Buller's Day Off*）所飾演的角色，他持續發出嗡嗡作響、毫無起伏的嗓音。演講的音量與語速加以變化都有助於維持聽眾的注意力，誘使他們專心聆聽。此外，演說時用表情豐富的嗓音，可展露你對主題的熱情。然而，對許多講者來說，用

這種方式演說並不是與生俱來的能力。以下要介紹的是讓演說更生動、有變化的三大要訣。

對於聲音表情較平淡的講者，我通常會請他們在演講中融入可以激發情緒的字眼，像是「感到興奮」、「深具價值」、「具有挑戰性」等，然後變化嗓音來反映這些語詞的意思。若是談到一個很大的機會，就大模大樣地講出「大」這個字。一開始以這種方式使用這些情緒語詞，可能會覺得有點勉強或過於誇張，但假以時日，就會習慣這種變換聲音表情的方式。此外，選擇你能自然並自在說出的情緒語詞，並注意選用的情緒語詞應符合你想傳達的感受。使用情緒語詞的附加好處是，聽眾會對你的演講內容更有興趣，印象也會更深刻。

大多數講者都傾向用自己感到舒適的音域說話，因而嗓音變化會受到侷限。有個相當實用且有趣的擴展音域方式，就是大聲朗讀兒童文學。兒童故事與童詩通常是以十分生動的方式撰寫，練習大聲朗讀這些作品可以擴展你的音域。我喜歡將這種嗓音的鍛鍊比喻成去健身房鍛鍊身體：為了增加肌肉量，你所舉起的重量會略大於自己能輕鬆舉起的重量。要豐富嗓音的變化，就必須跳脫舒適的音

域。當然，我不是建議你下一場簡報就應該用朗讀蘇斯博士（Dr. Seuss）繪本的音調來講演，但在簡報前大聲朗讀一兩本蘇斯博士的童書，可望吸引聽眾更專心傾聽。

練習大聲朗讀還有額外的效益：由於我們大多數人不習慣長時間說話，你也必須鍛鍊聲帶的耐力，並以適當的呼吸輔助發聲。提升演說耐力唯一的最佳方法，就是在演說至少一週前，開始練習一次大聲朗讀十至十五分鐘。大聲朗讀不僅有助於培養適當的演說耐力，也能幫助你找到自然的抑揚頓挫及呼吸節奏。

在智慧型手機和平板電腦繁多的應用程式中，包含了對講者極為實用的各種工具，我就找到不少工具，可以即時呈現聲音變化的狀態。這些應用程式通常是為歌手或音樂家所設計，方便監控聲音的頻率。每當我在網路發表演說，就會用擺在電腦螢幕旁的智慧型手機執行這個應用程式。透過顯示在手機上色彩鮮豔的波動條紋，可以判斷我的語調是否太平淡，並隨時調整。其他工具可藉由正弦波或顏色顯示出聲音的力道。對於有眾多員工透過電話或網路簡報的大企業來說，已有工具可針對講者嗓音的變化，提供即時的意見回饋與指導，同時也可提供歷史比較資料。

矯正惱人的用語與發音問題

一些用語和發音習慣可能會削弱你在聽眾眼中的自信度，這些習慣包括用詞保守、採用附加問句、說話結巴不順、句尾音調上揚等。

用詞保守是選字問題，無法讓你用權威口吻表達訊息，而且反而會弱化你的立場；諸如「我想」、「稍微」或「有點」等用語，在許多演說中經常被使用。在人際溝通上，這類語詞會讓你說話聽起來比較不獨斷，並樂於協力合作，但在公開演講場合，保守的用語會減弱你的權威感，還可能給人優柔寡斷的印象。

解決用詞保守的最佳方式是，替代用詞——**找出字詞來取代欠缺肯定及自信感的用語**；例如，「我想」可以變成「**我相信**」或「**我知道**」。而「稍微」、「有點」可以用「**有個方法**」取代（例如「這個方法應該稍微有幫助」，可以變成有個方法可以幫助……」）。找出**更肯定**的替代語詞，能夠讓你更明確及肯定地抒發己見。

附加問句，是指在語句末尾附加一個問句，例如：「這塊漢堡真好吃，不是嗎？」如前所述，在人際溝通場合，附加問句可以鼓勵談話對象參與溝通，但在大庭廣眾前演

講，附加問句就會減弱演說的潛在效力，因此**附加問句應該完全排除**。對於習慣使用附加問句的講者來說，要一次去除所有的附加問句需要時間練習，但獲得的實質效益可讓演說展現更有力、自信的風範。

說話結巴不順，有時被稱為「言語塗鴉」或「發音抽搐」，似乎是比比皆然的現象——學術界發現每種文化族群都有這現象，而且占日常對話比例可達 20% 之多。不過在語塞停頓時，各個族群所用的虛詞各有不同；北美人傾向說「嗯」、「呃」，亞洲人則較常說「啊」、「喔」。

不論你說的是什麼語言，或身處世界何地，在演說時都不會刻意使用語塞時的虛詞。這些虛詞是邊說邊思考時，無意識出口的字詞，這種思考過程若是在較正式的演說場合進行，虛詞出現頻率就會顯著提高；也就是我們聊天時出現的「嗯」、「呃」，在公開演講出現的頻率卻是大為增加。有別於對話場合，也就是我們會與他人分攤發言的責任，演講時讓眾人只聽一個人說話的壓力，似乎會促使我們更想要填補思考過程中的停頓。

然而，聽眾對於虛詞的感受方式不盡相同，穿插在句子中的「嗯」和「呃」其實不是那麼常被聽眾注意到，也

不像在重點轉換空檔時聽到那麼煩人。聽眾通常會忽略在句子中間的虛詞，因為他們主要專注在演講的內容，而非你說出的言語。不過，從一個重點轉換到其他要點時，虛詞就變得很刺耳，因為聽眾不再因為你的演講內容而「分心」；也就是聽眾原本預期重點轉換之間會有靜默的停頓，硬要填補沉默的空檔，就違背了聽眾的期待。

演說如果滿布言語塗鴉，聽眾會認為你在緊張，而且使用許多虛詞也會給予聽眾虛假或準備不足的觀感。虛詞也會讓聽眾嚴重分心，他們會開始數虛詞，無法專注於真正的重點──也就是你的演說內容。因此，你必須減少演說中的虛詞，讓聽眾認為你是更自信可靠的溝通者，同時藉此幫助聽眾專心聆聽你要表達的訊息。

以下兩大技巧可以幫助你改掉使用虛詞的習慣：

首先，**要有意識地控制虛詞的使用**。因此需要有人在你演講一說出「嗯」、「呃」時，就提醒你，提醒的形式可以是舉手、拍手。以我自己來說，是用在旅館看到的那種服務鈴。當你一說出虛詞立刻就接收到提醒的話，就會開始有意識地注意自己在說虛詞。培養注意力後，假以時日，你對於虛詞的掌控力會慢慢增加，這時便可主動開始

減少虛詞的使用頻率。

Try this ▶ 在練習演說的一部分時，請一位朋友**在你說出虛詞時舉手提醒你**。但你受到提醒後不可中斷練習，要繼續演說，只在心裡默記自己講過虛詞。

第二個技巧是，在結束句子，尤其是在講述重點時，要吐氣說完。我將這種呼吸方式稱為語句的「著陸」法。與其在接近句尾時吸氣，應該在闡述完你的要點時，集中精神將氣完全吐出（註：不是指靜聲吐氣的意思，在吐氣的同時也要保持音量）。一旦語句說完，你就一定得吸氣開始講述下一個要點，而吸氣時要說出「嗯」是不太可能的。有個好方法來練習這個技巧，就是在大聲朗讀的同時，單手放在肚子上，如果語句順利著陸，肚子就會在句尾擴展開來。

吸氣除了能消除重點轉換空檔出現的虛詞，也可讓演說略微停頓。停頓時，靜不出聲有附加的好處，既可讓聽眾有空彙整你的想法，也同時滿足他們的期望，就是你在講述下個重點前會暫停一下。

最後要提醒的是，在句子中間吸氣，除了會促使講者使用虛詞，也會造成句尾音調上揚，就是會像疑問句一樣提高音調。對聽眾來說，最令人困惑（煩人）的，莫過於講者在陳述「我們的獲利不斷成長」等重點時，卻聽起來像「我們的獲利不斷成長？」做為講者，你的目標應該是變化聲音表情來幫助聽眾瞭解你的訊息，而不是造成他們的困惑。和解決虛詞的問題一樣，要矯正句尾音調上揚的習慣，專注在呼吸是最佳的方式。如果你講話有句尾音調上揚的習慣，那麼你可試著在句子結束前快速吸一口氣。雖然使用虛詞的講者也是在句子中間吸氣，但不同的是，句尾音調上揚的人會隨著吸氣提高音調。要改正這種習慣，可以比照解決言語塗鴉問題的方式，練習先前討論過的呼吸技巧。

Try this ➡ 朗讀一串句子（例如，逐句朗讀烹調某道菜的步驟，或是週末喜歡做的事），**練習**在句尾**把氣吐光**。

在結束每個句子時，務必把氣吐光。範例如下：

➡ 我喜歡做花生醬三明治（把氣吐光）。

➡ 首先，將麵包片烤好（把氣吐光）。

➡ 接著，在吐司的兩面均勻抹上花生醬（把氣吐光）。

➡ 最後，把兩片對切的吐司合起來，就可以搭配冷飲享用三明治（把氣吐光）。

　　身為講者，你會希望聽眾深受演講內容吸引，不會因你的聲音表現而分神。你也會希望他們認為你是有自信，而不是緊張或虛假的講者。

　　沉穩的台風可幫助你表現出自信，而在緊張之時加以掩飾或假裝鎮定，出奇制勝，化假為真：你的作為可以內化為真實感受。換言之，表現出可以勝任的姿態，你就會開始覺得自己能勝任講者的角色，繼而減少焦慮感。此外，由於聽眾不知道你是故作姿態使自己看起來有自信，他們會認為你本來就如此而做出相對回應，因此增添你的勝任與自信感。各位不妨一試！持續扮演你是個有自信的講者，直到「演久成真」。

Try this ➡ 仔細觀察勝任又自信的講者有哪些舉止，注意他們如何運用眼神接觸聽眾的技巧，以及站姿、動作、聲音、手勢。練習模仿他們一部分的舉止，感受自己的狀態。

假以時日，當你擺出勝任講者的姿態，你會開始覺得更有自信，更能勝任講者的角色。

造訪 www.ted.com 網站可以觀摩到許多說理真誠又有自信的講者。

重點摘要

- ↘ 如果演說時能表現得很有自信——不管實際焦慮程度如何——聽眾就會認為你充滿自信，也會對你做出相對回應。

- ↘ 演講時採取平衡站姿，雙腳立於肩膀下方，平行穩踏地面。身體重量平均分布在雙腿。

- ↘ 展露真誠的舉動有利於演講表現。開始演講時向聽眾靠近；轉換重點時，則可從這一邊走向另一邊，做為過場的走位。

- ↘ 朝前方和側面向聽眾做出手勢。雙肘要遠離身體，手勢要超出肩膀範圍。

- ↘ 刻意和聽眾眼神接觸，藉以取得共鳴。必要時，可望向聽眾眉心，滿足他們對眼神接觸的期望。

- ↘ 多變化聲音表情及語速，可保持聽眾對演講的興趣。

實作練習

　　挑選你熟知的主題發表短篇演講，用數位相機或智慧型手機錄下全身影像；之後分三次檢討演講表現，第一次只觀看演講影像（無聲），第二次只聆聽演說內容（無影像），最後一次則同時檢討影音內容。

每次檢討後，針對你所注意到的事項寫下短評。

➤（1）只看影像：

➤（2）只聽聲音：

➤（3）同時檢討影音內容：

實作練習

➤ 你觀察到哪兩樣舉止，是你希望下次演講時能特別注意 / 改進的？

（1）
_____
_____
_____
_____
_____

（2）
_____
_____
_____
_____
_____

第 **4** 章

聽眾導向
和共鳴

▶ 透過聽眾共鳴減輕焦慮

▍瞭解聽眾

　　如果對演講心存焦慮，無論是與聽眾互動，或與聽眾缺乏互動，往往都會讓你更焦躁不安。首先，焦慮的講者通常會使聽眾感到不自在；令人莞爾的是，這種現象稱為「二手焦慮」，因為聽眾看著講者在台上心煩意亂並不好過。由於大多數的聽眾都善良且富有同理心，希望講者能克服難關，所以會採取自認為有助於緊張的講者鎮定下來的舉動，例如移開目光、分心看手機，或是彼此閒聊。但事與願違，緊張的講者看見聽眾這些善意的舉動，會認為他們心不在焉，興趣缺缺，只會更緊張。要避免因焦慮導致與聽眾疏離的窘境，最佳的對策是，體認做為講者的首要工作是，讓聽眾感到自在。聽眾若能安然自在，便可專心聆聽，對你及演講的內容產生共鳴。

　　為了讓聽眾放心聽講，你必須破除大多數講者都有的成見。許多講者想當然地認為，發表演說是講者的事，但

站在自己的立場來準備演講，可能會漠視至關重要的訊息，造成聽眾無法理解演講的內容。有人將這種自我導向的演講模式稱為「知識的詛咒」。簡而言之，就是你對你的演講的內容瞭解得太多。

　　準備演講更好且更周全的方式是，先將焦點放在聽眾身上。勝任的講者從不自問「我要說什麼」，反之，他們會問「我的聽眾需要聽到或學到什麼」；這兩個問題可能聽起來大同小異，但實則大相逕庭。專注於聽眾的需求，便可將聚光燈從自己身上移開。聽眾的需求凌駕一切。如果從**聽眾導向的觀點**來看待演講，緊張的講者便可大鬆一口氣，因為不需為演講失敗擔負全責。假如真的失敗，成因在於聽眾與主題之間的相互激盪不足。此外，以聽眾為導向來策劃演講，聽眾不但可以更投入──因為你說的是他們想聽的──你也會講述有助於架構這些知識體系的內容，讓聽眾真正領會、理解你的訊息。總結來說，這種做法可以讓聽眾更自在，也因此更容易吸收你的訊息。

　　我曾經指導過一位很出色的三年級教師，她在學生面前講課時自信洋溢，風采迷人。但若被要求在成人面前演講，就會嚇得全身無法動彈。我問她教學如此出色的祕訣

何在，她很快地回答，這是因為她瞭解學生的需求，並力求授課方式能契合這些需求。於是我們一起研究，如何將她教學成功的簡單祕訣引用在成人聽眾。她忽然間頓悟到，自己必須將焦點放在成人聽眾的需求，就像她用心體察八歲學童的需求一樣。藉由轉移焦點，這位教師終於能夠抑制焦慮，展露熱情。事實上，如今對於在成人聽眾面前演講，她不再懷抱焦慮，反而是興奮以待——現在對她來說是一大樂事。

以聽眾為中心訴求，的確需要額外做點功課，你必須真的瞭解聽眾，問自己下列三個問題，可以幫助你更精確判斷聽眾所需：

➡ 對於我的主題，聽眾瞭解多少及／或過往有哪些接觸經驗？

➡ 對於我的主題，聽眾可能抱持哪種態度和感受？

➡ 對於我的主題，聽眾在哪些方面可能有所抗拒或遲疑？

這三個問題的答案，可以幫助你擬定並發表符合聽眾需求的演講內容，減輕你的焦慮，讓你的訊息更有說服力。

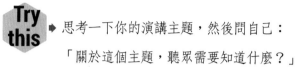

Try this ▶ 思考一下你的演講主題，然後問自己：

「關於這個主題，聽眾需要知道什麼？」

「我如何確保聽眾能得到他們需要的訊息？」

以上這兩個問題的答案，可將聚光燈從你身上移開，轉而對向你的聽眾。

▎引發聽眾共鳴的技巧

演講時，除了以聽眾為中心，讓聽眾感到安然自在，下個目標是喚起聽眾的興趣，讓他們能投入其中，對你的講題產生共鳴。很顯然的，訴諸聽眾的需求可使演講內容更引人入勝，但光是這點還不夠，要讓演講內容確實打動人心，避免聽眾漫不經心，就必須運用我所稱的**引發聽眾共鳴的技巧**（Audience-Connecting Techniques, ACTs）。ACT 可以引領聽眾投入你的演說，**鼓勵聽眾的參與，並告知聽眾，你期待與他們相互激盪**。ACT 有很多種，以下列幾個最具功效的技巧：

簡單運用ACT的方式之一是**邀請聽眾參與**，比方說，

對聽眾提問：「有多少人有……請舉手」，或是「投影片哪邊最符合你的經驗？」這類提問可以讓聽眾感受到他們在這場演講中並且參與其中。

另一個實用的 ACT 是，**請聽眾想像某種情況或結果**；例如，請聽眾「想像一下，如果……會是什麼樣子」，或「回想過去某個時間點，那時……」。由於聽眾可在他們的腦海中看到具體影像，而不是單純聽你描述，他們會更為投入，你講述的要點也會更生動和印象深刻。

改用問句呈現資訊，也是一種有效的 ACT。許多講者會用陳述的方式，將一大堆資訊傳輸給聽眾，雖然這些資訊某部分無疑可以引發聽眾興趣，但若將事實改用問句呈現，能引發聽眾更大的好奇心。例如直述「本人的計劃將有助公司在歐洲展業」，不妨問：「我們在歐洲展業的最佳策略是什麼？」避免單純陳述數據（例如，「我們省下了一百萬元。」），改用問句來呈現數據（例如，「我們如何省下一百萬元？」）。

最為重要的 ACT，應該是**力求主題與聽眾息息相關**。幫助聽眾體察演說主題對他們的重要性，是贏得他們關注的重大關鍵。務必要花時間詳細列出演講主題與聽眾生活

間的確切關聯。你可以用關鍵語句來點出主題與聽眾本身的關連性，像是「對各位來說，重點在於……」，或「要切記的是……」。讓主題與聽眾切身相關，是喚起聽眾興趣的最佳良藥，並可激發高度的參與感。

Try this ▶ 為了讓自己記得強調演講重點與聽眾的切身相關性，不妨花些心思幫聽眾整理出重點摘要。在每個重點的句尾，仔細思考如何結束句子：「對各位來說，重點在於……。」雖然你不一定要在每個重點後面實際說出這些話，但肯定會格外著重各個重點與聽眾的關連性。如此也可反過來增加你的自信，因為你可以確知聽眾從演說中得到了他們需要的資訊。

另一種效果很好的 ACT 是**思考分組分享法**（Think-Pair-Share），也就是請聽眾花點時間針對你提出的問題思考答案，或是想出可能的替代方案。接著，鼓勵他們和鄰座討論回應的內容。在短暫的討論後，徵求聽眾發表己見。思考分組分享法可以大力促進聽眾的參與度，除了因為聽眾已預先共同討論答案，可提高他們回應的信心，而

且在眾人集思廣益下，通常可激發出更好的想法。

　　為了引發聽眾共鳴及好奇心，也可採用**中斷故事法**——在故事收尾前刻意中斷一下，藉以營造懸疑感，並激發聽眾的好奇心。我有一個學生在講述他成長過程獲得最有用的建言時，就將這個技巧發揮得淋漓盡致。他先敘述童年時的一件悲慘事，講到要揭曉結局時，他卻說：「在告訴大家事件是如何結尾前，容我先和大家分享……」意外的停頓，使得眾人無不凝神聆聽他的演說內容。

　　善用比喻也是大有功效的 ACT。所謂比喻，是以聽眾早已熟知的事物來比擬新的資訊，可以觸發聽眾既有的心智構面，讓資訊能更快被處理與吸收；比如，我在教研擬演說架構的目的及重要性時，通常會告訴學生，講者的工作就是當一個導遊。這個比喻可以讓學生吸取過往所有參團旅遊的經驗，不僅可從中瞭解研擬演說架構的重要性，也可領會其他的概念，例如設定期望、確認聽眾的理解狀況、各個概念之間的轉換等。

　　最後要介紹的 ACT 是**創造你和聽眾共有的體驗**。以一段影片開場是個好方法，影片結束後，你可以和聽眾一起討論內容，透過引導對話、提供講評可獲得聽眾的注意力。

Try this ▶ 從上述列舉的引發聽眾共鳴技巧（ACT）中，選出兩種覺得最適合自己運用的 ACT，然後針對下一場演說，構思幾個運用這些 ACT 的方法。

開場白

以聽眾為導向、ACT 等演說技巧，**在演說開場白**最能突顯及發揮效用。演講的開場可謂極具挑戰性，從靜默無聲到贏得滿堂彩可沒那麼簡單，有效的開場白是演講成功與否的關鍵要素。開場白可做為一個媒介，向聽眾簡介演說主題、你自己及你對聽眾的期望。然而，許多講者都仰賴「大家好，我的名字是……今天我要講的是關於……」等陳腔濫調來開場，好的開場白應該要能達成下列幾項目的：

➡ 培養聽眾專注力。

➡ 揭示主題與聽眾的關連性。

➡ 建立你的公信力。

➡ 說明聽眾可期待的內容。

首先，開場白必須吸引聽眾的注意力。聽眾來聽你的演講時，通常並沒有準備好專心聆聽你要說什麼；相反地，他們可能是先開完會、聽過其他演講，或和其他人交流後才到場，因此必須先培養聽眾的專注力，也就是你的優先要務是獲取聽眾的注意力。要達成開場白第一項目的，最有效的方法是運用 ACT，像是提出調查問題（例如，各位當中，有多少人曾經因⋯⋯而感到挫折）等。任何 ACT 都有助於聽眾關注你及你所傳達的訊息，進而吸引觀眾投入你的演說。以下是其他經過實證可獲取聽眾注意力的有效方式：

➥ 講述一項有趣的事實或統計數字。

➥ 引用聽眾熟知或崇敬之人的名言來開場。

➥ 講一則笑話（但運用幽默感可能有點風險，因為同一件事情並不是人人都會覺得好笑）

➥ 說一個和演講主題有關的軼事或故事。

一旦獲得聽眾的關注，接下來必須引發他們的興趣，也就是告訴聽眾，**你的主題為什麼與他們切身相關，他們可以從中得到什麼，又為何要專心傾聽**。換言之，你必

須回答諸如：「那又如何？」、「身為聽眾，我為何要在意？」等問題。在商務演說的場合，傳達切身相關性最佳的方式，是說明聽眾重視的事項，像是如何藉助演講主題來增加價值或減少負擔；例如，你的演說可能有助於提升營收、擴大市占率，或提高員工留任率。反之，演說內容也有助於縮減開發時間、節省資金，或減少多餘的作業。

進行有效開場白的下一步，**是建立你的公信力**，你必須說明為何你是講述這些資訊的適當人選。聽眾需要知道你有演說內容的相關背景，確保他們投入的時間和專注力不會白費。但有時並無必要闡明你的公信力，因為所有人也許都已經認識你；或許有人已經介紹過你的背景；或者可能已有出版品介紹了你的生平。

最後，也是最重要的一點，就是你必須**設定期望**，包括希望為聽眾做什麼、將帶領聽眾領會什麼，以及將講述哪些資訊。設定期望有許多方式，像是利用簡報大綱──相較於簡單的列點方式，我較喜歡用圖像呈現。此外，你可以列出預備回答的問題，聽眾會想知道他們可以期待什麼。除了設定對內容的期望，你也可營造想讓聽眾感受到的氛圍，而氛圍可透過你所選擇的字眼（例

如「我真的很興奮……」）以及演說時展現的活力來傳達。

　　我通常會告訴我的客戶和學生，開場白一開始應該要有詹姆士‧龐德（James Bond）情報電影的氣勢，也就是燈光一暗就高潮迭起。這種開場方式可以立即吸引觀眾注意，引發他們的好奇心。一旦觀眾上鉤，螢幕便會閃過著名的白圈圈，開始播放演職員名單的片頭。你的演說也應該以同樣吸睛又訴求明確的方式開場（也許可以少點特技和暴力場面），然後開始自我介紹，設定期望。

　　由於大多數的講者在演講時多少都有點焦慮感，他們往往會躲在講台後面，或是雙手往上縮在身體前方，後傾身子遠離聽眾；如第三章所討論，這些身體的退怯姿態會透露講者的恐懼，導致聽眾與講者的疏離。反之，你一開始就應該昂首挺胸站在聽眾面前——沒有講台的遮掩——**往前跨步，雙臂遠離身體，向外伸展**。這種開場方式可以透過台風傳達自信，向聽眾展現出你希望他們積極參與的訊息。

　　如果演講全程能以觀眾為導向，並運用引發聽眾共鳴技巧——尤其是在開場部分，可獲得許多效益：（1）聽

眾對演說內容更有共鳴；（2）聽眾較能安然自在聽講；（3）
你和聽眾能夠積極互動，可減緩焦慮感。

重點摘要

➴ 講者的工作是服務聽眾，要以聽眾的需求為導向。

➴ 為了避免「知識的詛咒」，演講內容及訴求應時時
從聽眾的觀點來考量。

➴ 能引發聽眾共鳴的演說，可讓聽眾投入其中。演講
全程應善用引發聽眾共鳴的技巧，幫助聽眾專心聽
講。

➴ 撰寫開場白時應注意，首先要獲得聽眾注意力，接
著立即向聽眾說明講題和與他們的相關性。

➴ 藉由引發聽眾的共鳴，你和聽眾能夠積極互動，也
因此能夠減輕演講焦慮。

針對即將到來的一場演講,回答下列問題,藉以分析你的聽眾及需求:

➤ 聽眾對我的演講有何期望?

_____

_____

_____

➤ 聽眾是否聽過和我的演講相似的演說?當時這場演說有何成功或缺失之處?

_____

_____

_____

➤ 聽眾是否瞭解我的主題和內容定位?

_____

_____

_____

➤ 聽眾對我的主題和立場抱持何種態度？

➤ 聽眾可能有哪些層面的擔憂或抗拒？

➤ 聽眾對我的主題可能有哪些疑問？

第 **5** 章

結構和故事

▶ 演說健康和記憶力的關係？

談到溝通焦慮的問題，記憶力必是一大考量要點。許多人表示，他們最大的演說焦慮是忘了要說什麼，或是忘了要說的確切語詞。你可以從記憶力的相關研究中學習許多有助於演講的良好心理保健習慣。

▌健康飲食、鍛鍊體魄、充足睡眠

第一項建議聽起來像是父母親會叮嚀的事：要吃得健康、強健身體、好好睡覺。遺憾的是，當演講日期快速逼近，健康飲食往往也就化成耳邊風。然而，注重你的飲食習慣確實有助於緩解焦慮及改善記憶力。關於飲食的攝取，有以下幾點建議：糖類和甜食雖可讓你的精神為之一振，但通常也會造成之後的精神懶散。複合碳水化合物、堅果、Omega-3脂肪酸、黃烷醇（存在於葡萄、莓果、蘋果、可可等）以及油脂，皆有助於記憶的形成與保存。因此，就像長跑者一樣，在準備演說時，可多攝取碳水化合物。此外，發酵食品可降低壓力賀爾蒙濃度，像是含有活

菌的優格、乳酪等。咖啡因能提升創造力及生產力，但也會招致手抖、口乾、記憶粗淺等症狀。準備演講時，喝三份濃縮摩卡拿鐵是可行之道，但臨上場前喝就不太好了！切記，咖啡因的效用會在身體內持續作用好幾個小時。雖然用酒精來放鬆心情，也令人躍躍欲試，但有證據顯示，酒精會造成健忘及大舌頭的症狀，最後恐釀成憾事。

Try this ➡ **制定演講的飲食計劃或菜單內容**，逐項列出在撰寫講稿、準備演講、實際上場各階段之前要攝取的食物和飲料。準備好這些飲食以方便取用，同時可避免放縱自己攝取可能產生問題的食物。

在強化記憶力及對抗焦慮方面，運動都扮演了重要的角色。運動生理學家及心理學家發現，體脂率低與平均靜止心率較低的人因應壓力情境的能力，優於體魄較不強健的人。要開始鍛鍊體魄，成為身體強健的講者並不困難，例如只要少坐多站，便可減輕社交焦慮。體魄強健的講者在面對壓力時，認知與生理層面的因應能力均較佳。此外，活動身體可以增加肺活量並提高注意力，這是發表演

講時，攸關表現的兩大要素。

　　研究證明，在學習新事物後，進行短暫密集的運動，可以提高記憶力。最後一點是，運動可為累積的焦慮與壓力提供宣洩的管道。在撰寫講稿或練習演說前，不妨試著去游泳、慢跑一下，或是去散散步。這些運動之所以有鎮定效果，除了因為走出戶外，讓自己遠離壓力源，也因為運動時身體通常會分泌天然的腦內啡。關於記憶力的相關研究明顯指出，承受的壓力愈少，腦海可保留的資訊就愈多。很有意思的是，研究也顯示，在戶外步行可增進創造力及擴散性思考（divergent thinking），有利你規劃演講內容的鋪陳及呈現方式。

Try this ▶ 制定運動計劃，讓自己活動筋骨。在投入演講準備之前，花二十分鐘按表操課，享受運動的樂趣。運動結束後，你會發現自己的心情變得較沉靜，精神變得更敏銳。

　　在填飽肚子、強健身體，增進心智能力來提高記憶力後，睡眠便是下一個檢視重點。雖然關於睡眠尚有許多未

知領域，但研究顯示，優質深沉的睡眠有助於記憶力的形成，尤其在學習後立刻入睡效果更明顯。另外，睡眠也可促進創造力，讓身體充滿活力。一夜好眠可以幫助大腦準備好學習，以及整合新資訊的記憶，讓你能夠更容易活用它們。在撰寫講稿及準備演講時，試著**好好睡一晚**，而不要熬夜。

Try this ▶ 在寫講稿及練習演講期間，務必要定時起床和睡覺，避免更動你的作息時間。如果試圖入睡時還掛心著演講的事，可在枕頭旁放一本筆記本，將這些想法寫下來擺脫思緒的束縛。

　　要實行這些演說的保健之道，未必就得放棄樂趣。事實上，**玩樂也可發揮強大效用**，玩樂能顯著緩解壓力，恢復你的活力。你可以有計畫地撥出時間和你的寵物、小孩或朋友玩耍共樂，即使是短暫的玩樂，也可使你的心智變得更敏銳，提振你的活力。

▌記憶力與場所的關係

　　練習演講的場所應和正式演講的場地類似，這概念稱為「**狀態依賴學習**」（state-dependent learning）。學習所在的環境有助於提高記憶力，例如你將在安靜的教室考試，就應該在安靜的房間學習；如果將在一個有大窗戶的廣大場地，面對安靜又專注的聽眾演講，就應該在有窗戶的大房間裡練習發表演說。在演說場地實際練習──或至少在類似的場地演練──有助於你熟記演講內容。在網路或遠距會議的演說也可循此模式，在連線設備和正式場地相同的房間內練習。事實上，事先以同樣的連線設備演練，**永遠**是上策。

Try this ▶ 思量你要演講的場地有哪些特點，能實際去勘查會更好。在準備及練習演講的期間，試著在設計、噪音強度、明亮度等條件都和實際場地類似的場所演練。

▍變化內容、分時段學習、自我測試

　　過去十年來，研究記憶力的學者再三挑戰一般公認的最佳學習及記憶方式，研究學者發現，與其仰賴長時間死記硬背，一味重複灌輸知識或資料，不如在學習中間稍做休息，多變換研讀的內容，才有助於熟記所學。此外，自我測試比單純反覆研讀要來得有效。如果將這項新的研究結果套用在演講上，那麼講者在熟悉演講內容時，應拆分成多個時段練習——例如每個時段二十分鐘——而時段之間應穿插休息時間。休息時，保持清醒讓大腦放空，例如靜靜地做個白日夢的效果最好，短暫的休息有助於長期記憶的形成。

　　透過變換學習的內容，可以增加記憶留存度，因為大腦有更多區域受到活化。因此，要熟記演說內容時，應該輪流練習不同部分，而非執著地要把一個部分練到熟透為止。此外，不只是把演講內容用念稿方式順過好幾遍，而是要自我提問來測試對內容的記憶度，例如：「我的中心論點是什麼？」、「我要如何佐證第三項主張？」、「我在第一、二項重點之間應該如何轉換？」用這種方式自我

測試需要花費更多的認知心力，資訊也就更能深刻在腦海。

最後的重點是，用筆寫下你的筆記和大綱。研究顯示，相較於打字，手寫可以讓你記得更多資訊。

Try this ▶ **制定內容學習計劃**，當中包含學習的時段、要熟記的不同演說段落，以及可用來測試自己對內容記憶度的特定問題。

▎腦中一片空白該怎麼辦？

所有這些關於飲食、運動、睡眠、練習的建議，並不能確保你絕對不會忘了自己要說什麼，所以，當你腦筋一片空白時，可以怎麼做？首要之策是提醒自己，聽眾只知道你實際講了什麼，對你**打算要講**什麼一無所知。如果你真的忘詞，不要太苛責自己。忘詞的講者往往會脫口說出減損自己公信力的話語：「天啊！我怎麼會忘了？」、「我好緊張」、「我不敢相信自己會這麼蠢！」如果你非得公

然承認自己健忘，只要道歉，然後重新整理思緒即可。

我有個學生某次忘詞的因應方式是對她的聽眾直言：「真的對各位很抱歉，但我實在太熱愛這個主題，有時會說過了頭，容我再回顧一下先前的論點。」大多數的聽眾都很寬宏大量，有些人說不定還會感謝忘詞帶來的停頓，因為他們可以有時間消化你已講述的內容。

要幫自己重振旗鼓，應當專注在剛剛講述過的內容，腦中一片空白的講者，有十之八九都會苦思接著應該說什麼，但如果能回顧自己剛說過的內容，藉以重整心情，就有機會扳回一城，繼續侃侃而談。

下列技巧可幫助你擺脫記憶中斷的窘境：

（1）重新闡述先前的內容。

（2）向聽眾提出一個問題——例如，不期待得到回答的問句：「到目前為止，最重要的一點應該是什麼呢」。

（3）回顧演講的主旨：「所以我們可以瞭解到『插入核心訊息』真的很重要」。

▌好結構帶你上天堂

　　為演講內容建立有意義的結構，這個效果卓越的技巧可以幫助你及聽眾牢記演講內容。研究顯示，相較於雜亂無章的資訊呈現方式，經過妥善組織的資訊留存於腦海時，可靠度及正確度可提高 40% 之多。有這個進步，主要歸功於認知神經學家所說的「處理流暢性」（processing fluency），也就是我們可存取和吸收新資訊的容易度。處理流暢性是架構所賦予，想想看，新的電話號碼起初是如何編碼的？是透過一定的架構編碼以方便記憶。以美國為例，是用前三個區域碼加上中間三碼，以及後四碼的方式來記憶。

　　可供參考的演說結構為數甚多，最實用的幾種結構列舉如下：

➡ **過去—現在—未來**：適合講述歷史沿革，或是帶領聽眾體驗一段歷程。

➡ **比較—對照—總結**：適合用來彰顯講者所持立場的相對優勢。

➡ **原因—影響—結果**：適合幫助聽眾瞭解講者立場背後的

邏輯。

- **問題—解決方案—效益**：適合說服聽眾支持講者的想法／方案。

- **What?— So What?— Now What?**：適合說明某個概念和與聽眾的切身相關性。（譯註：定義要傳達的概念－說明概念帶來的好處－提出希望聽眾採取的行動）

　　根據上述其中一種結構來鋪陳故事，有助你記住打算講述的內容，因為即使忘了確切的細節，還是會記得整體結構。總而言之，演講結構就像提供你一張地圖，有地圖在手，迷路的機率就微乎其微了。例如，在運用「問題－解決方案－效益」這個結構時，可以先提出一個確切問題（或機會），之後詳述因應這個問題的解決方案，最後再闡明這個解決方案的效益。要是解決方案講到一半忽然腦筋一片空白，那麼只要回想一下演講結構，就可想起接下來要講的是效益。

　　從聽眾的角度來看，你的演說結構，尤其如果在開場時就以預覽的形式呈現，就像是提供了一張藍圖。把自己想成是導遊，首要目標就是看好整個旅行團，不要讓團員

走失。身為糾察的導遊，你的工作是設定整團的期望，包括遊歷地點、交通方式等，這些事和你必須為聽眾做的事一模一樣。一旦知道你的演講結構，聽眾可以好整以暇，安然專注在你的演說內容。演說結構不但可設定聽眾的期望，讓他們從容以待，也可幫助他們建立演說內容的心智模型（mental model）。這些模型可以讓聽眾更容易記住你的講詞。

Try this ▸ 為你的演說內容建立一個結構，思考演說的主旨及呈現方式。選定一個結構來協助你自己及聽眾熟記演說內容。

　　總結來說，適當的飲食、運動、充足睡眠、為演說內容建立結構、參考並活用記憶力相關研究的最新成果，可讓你增加自信、減輕焦慮，提升記憶力。然而，萬一真的恍神忘詞，仍有各種技巧可以幫助你快速回神，重振旗鼓，讓聽眾能繼續專心聽講。

↘ 演說健康是演講成功與否的關鍵要素。上場前要有良好的飲食及睡眠，同時應運動及保持人際互動。

↘ 熟悉演說內容的過程中，必須穿插多個休息段落。與其重複死記硬背講稿，應當自問關於演說內容的問題，測試自己的記憶度。

↘ 當腦中一片空白，重振旗鼓的最佳方式是回顧你先前所言，而非試圖向前推進，講述你認為應接續在後的重點。

↘ 制定演講內容的結構，幫助自己熟記內容，並設定聽眾對內容的期望。

　　想五個問題，讓你在練習時可以自我發問，來確認已熟記演講內容。問題範例包括：我的中心要點是什麼？在發表完演說後，我希望聽眾能知道什麼或做什麼？我講述什麼故事最有助於傳達我的宗旨？

➤ 問題一：

_____

➤ 問題二：

_____

➤ 問題三：

_____

➤ 問題四：

_____

➤ 問題五：

_____

第 **6** 章

要避免的行為

▶ 拖延、不練習、完美主義和 PowerPoint

談到演說焦慮就一定會提到減損講者公信力、加深演說焦慮的四大常見問題：拖延心態、練習不夠充分、完美主義、PowerPoint 簡報的使用。

▌拖延

拖延的意思是刻意推遲應做之事。面對演講若是刻意怠惰或心不在焉，通常會增加焦慮感。換言之，拖延是為了避開某事所造成的短期心情低落現象。典型的引發焦慮循環如下：容易緊張的人知道寫講稿和演講會引發焦慮，所以他們把準備演講的工作拖到最後一刻才進行。這些人不想感受緊張情緒，與其正視演講這件事並感受到恐懼，拖延準備工作或分心做其他事顯得容易許多。拖延的人會有什麼後果？他們在拖到不能再拖的最後一刻才開始寫講稿，但時間已所剩無幾，也因此幾乎沒有時間再潤飾演講內容，更沒有時間練習了。

拖延，除了會讓講者無法發揮應有表現，還會造成焦

慮感驟升，更別提明知原本應可（而且應當）提前準備而
產生的無助感，以及不必要的罪惡感，到最後拖延行為反
而引發更強烈的緊張感。

除了以為推遲工作可以減緩焦慮，拖延之人也可能認
為如此便有藉口以保全面子，因為如果拖延而導致演講表
現欠佳，他們就可順勢告訴自己，「嗯，要是我當初能多
花一點時間準備，表現就會好一點了。」這種自欺的藉口
只會強化放任自己的惡性循環。

避免拖延的訣竅是，**讓自己按表操課**，確認發表演講
的日期，往前推算完成各項要務的時點。以時程規劃而
言，建議預留三、四個整天來練習演講，也就是在演講當
天之前的一週內要完成演講的練習。而為了有足夠的練習
時間，必須再預留至少五天來撰寫演講內容（如前所述，
我建議寫大綱即可）。如果需要蒐集研究資料或仰賴他人
相助（例如，請他人提供資料、審閱演講內容，製作相關
圖片或影片輔助說明），就必須投入更多時間；也就是說，
在演講當天之前，必須預留至少十天至兩週的工作時間才
行。

在行事曆上標記所有工作的完成期限，妥善管理時

間，並在期限內完成預定工作。如果鼓勵對你有幫助，每達成一個階段就給自己一些獎勵。此外，將自己的目標昭告親友，也能給予你需要的助力，讓你持續往前推進；例如將行程表貼在家中的冰箱上或辦公桌。簡言之，拖延問題的解決之道，就是規劃好準備工作——學術界稱之為「執行意圖」（implementation intentions）。用這種方式控管演講的準備工作，將可提升演講表現、增強信心並減輕壓力。

Try this ▶ 找出可提振你動力的三項獎勵事物，形式不拘，例如享受按摩、打電玩、打電話給朋友等。只要達成自己設定的各項演講準備階段時，可用這些事物做為獎賞。

▌練習不夠充分

如同前文關於拖延的討論，撥出時間練習對於增強信心、減輕緊張感也十分重要。然而，許多講者並未妥善練習，只在心中模擬演練，或翻閱一疊投影片就算練習了，

這些做法的效益都有限。有效的練習必須站起來真正發表演講，相較於只在心中想像演練，**站起來實際練習演說**更有助於熟記演講內容（註：我鼓勵透過網路及電話演說的講者也站著練習）。尤其是能聽到自己的聲音，並使用相關且適當的手勢，可提高之後的記憶。因此，思路清晰和能說出演講內容，是有效練習的要件。由於心智圖像和肢體練習在腦中使用的神經網路重疊，這種練習方式可使記憶更加鞏固，進而增加練習效益。

練習時，**錄下自己的數位影像**有相當大的助益。當你對演說內容有一定的熟悉度後，可以錄幾次自己的數位影像。錄製影像不需要昂貴的設備，大多數的智慧型手機就有錄影功能，錄影時務必要讓自己全身入鏡。雖然錄影對某些人來說可能有點彆扭，但必須要用多種不同方式來檢討自己的影像好幾遍（例如，只聽聲音、只看影像、同時檢討影音等）。從中觀察到的聲音及台風表現——包括應改進及表現良好之處——會讓你大吃一驚。

我大力鼓勵沒有實際面對聽眾的講者，也能錄下自己練習演說的影像。大部分的網路研討會及遠距會議系統都有錄影功能。聆聽自己的演說可能會覺得不太習慣，但通

常可藉此深入瞭解自己的表現。

　　重點練習是一項十分有用的練習技巧，就是鎖定演講的某一個環節——比如開場——反覆練習，直到相當熟悉，並能從容以對為止（註：如前所述，這並非指演講時必須背稿）。接下來，繼續鎖定演講的另一個環節來練習，例如兩項特定視覺輔助工具間的轉換。不斷重複練習，可以達成心理學家所說的「**過度學習**」（*Overlearning*）效應。過度學習可以減輕心智負擔，因為練習過程已將題材內化於心，最終，你可以更輕鬆自在面對演講，因為不再需要耗費心力思索演講各方面的細節。

Try this ▶ 進行重點練習，將演講內容「切分」成區塊的邏輯單位，例如開場白、總結、第一點、過場轉換等。分別練習各個部分，直到每部分都感覺輕鬆自在為止。將演講內容切分成幾個區塊，可以大幅提升對於練習及焦慮的掌控度。

▎完美主義

　　對於完美主義者或傾向要求完美的講者來說，若能妥善駕馭完美主義，在發表優質演講的同時，也能將焦慮程度控制得宜。追求完美——也就是規劃籌備以求圓滿成果的能力——對講者來說有很大的助益。可惜的是，完美主義若追求到極致，原本有利的特質反而可能造成更多的演說焦慮與問題。由於完美主義者對自己及工作表現設定了超乎尋常的高標準，一旦無法達標，便容易意志消沉。失敗感可能讓完美主義者氣餒無力而影響演說的準備，伴隨求好心切而來的是對失敗的龐大恐懼。這種恐懼感在演說場合更充斥於心，因為完美主義者往往會擔心在演講情境下，所有可能出錯但自己難以或根本無法掌控的事情，事事求好會讓他們事事都煩惱。

　　由於完美主義者會擔心所有可能出錯的事情，許多人出現了「分析癱瘓」（analysis paralysis）症狀（譯註：因而過度耽擱進程），導致可用來準備和練習演講的時間受到侷限。焦慮相關研究顯示，**規劃應變方案**或是因應其他種種結果的備案，可緩解這種受限的狀況；認知學家稱

之為「預期中的先見之明」（prospective hindsight）。換句話說，凡事有萬全準備，如有差錯便可沉著應對，不致驚慌失措。就像是家家戶戶都應該有的消防安全計劃，一旦發生火災，知道要在何處與親友會合。

如果你的演說必須仰賴 PowerPoint 簡報進行，但投影機壞了，你會如何反應？是驚慌？或是訴諸應變方案，改發放自己帶來的講義？在轉換重點時，忽然腦袋空白怎麼辦？你會走離講台，或只是盯看著記事卡上條列的要點？事前規劃這些可能發生的問題與應對之道，可讓你免於耗盡心力，減輕你的緊張感，使你更能專注處理眼前的問題，最後你會覺得自己更能掌握局面。

Try this ➤ 找出三到五種你在演講時可能面臨的突發狀況，思索一下和演講方式、素材或環境相關的問題。例如，萬一場所太暖和，或需要延長線該怎麼辦？針對這些潛在的問題，擬出個別的行動方案。記得預留額外的時間來處理這些潛在問題。

▍PowerPoint 的使用

演講時的超級好幫手，也可能變身為最大的阻礙，使講者無法以沉穩的心情發表一場成功的演講。若能運用得當，微軟的 PowerPoint 簡報軟體以及所有其他的簡報視覺輔助工具（例如 Keynote、Prezi、Google 簡報等）都有助於內容的理解，讓聽眾輕輕鬆鬆吸收資訊。遺憾的是，這些工具也可能提高焦慮感，導致演說表現欠佳。要記住，投影片不等於演講本身。演講指的是你的內容和表述方式，PowerPoint 和所有其他應用程式只是工具而已。

但屢見不鮮的是，講者只是在起草簡報檔，就認為自己在寫講稿。這完全是兩回事，情況就好比假設你是糕點師傅，花了幾個小時在蛋糕上塗糖霜，但卻未顧慮蛋糕本身的品質如何；所以做簡報和寫講稿應該明確區分。經過寫稿、練習、演練等準備階段，最終你是根據實際發表的演講受到評估，而不是你製作的投影片。

另外，並不是每場演講都需要投影片的輔助。若需參考實例，可在網路搜尋林肯的《蓋茲堡演說》（*Gettysburg Address*）簡報檔。這篇著名的講詞在 PowerPoint 格式沒有

意義的束縛下，原本的恢宏大氣完全不見。

　　從焦慮層面來剖析製作投影片這件事，會讓你產生擬稿有進度的錯覺，但事實上，你只是製作了一份華麗的大綱。雖然大綱也非常重要，但製作投影片通常很耗時，結果就是，你耗費了大量的時間製作出有淡出效果、內嵌影片的投影片，卻沒時間練習演說，沒察覺到傳達聽眾需要聽到的訊息才是重點所在。這種慣常的作法，造成講者只顧著「唸」投影片，而不關心是否能引起聽眾共鳴。投影片是吸引聽眾投入的輔助工具，不能當成提詞機。

　　要額外補充的一點是，研究顯示，身處黑暗的環境——像是為了方便簡報投影，而把燈光調暗的會議室或教室——會增加焦慮。因此，減少投影片數量，並**在照明良好的房間演說**，你和聽眾可能都會感到比較自在。

　　這並不是主張應該避免使用 PowerPoint 等簡報軟體，重點在於，要以講述的內容為優先，透過撰寫傳統的大綱，讓自己專注在演講內容，然後練習講述出來。知道自己要表達什麼，並能流暢表達出來，接著便可製作一些適當的視覺輔助素材，讓演說更加精彩。**製作投影片不應是首先的要務。**

重點摘要

⤷ 為演講內容的制定以及演練進度設定主要的里程碑。

⤷ 務必為演講的準備及練習預留大致相同的時間。練習時務必要站著大聲演說。

⤷ 規劃應變方案，準備好因應各種突發事件。

⤷ 在演講內容制定過程中，製作投影片的工作應在最後進行。分析演講的主題與聽眾及他們的需求有何相關性，依據這些界定演講的宗旨。之後，且唯有這時候，才能考慮投影片是否有助聽眾瞭解你的要點。

實作練習

　　針對即將到來的演講，預想發表過程可能出現的三個
難題，例如投影片無法放映，並為各個難題想好應變方案
（例如，準備好講義，現場發放）。

➤ 難　　題：

➤ 應變方案：

➤ 難題：

➤ 應變方案：

➤ 難題：

➤ 應變方案：

第 **7** 章

歸納應用

▶ 歸納應用

　　如何找出適合自己的焦慮排解技巧，無論是單一或交互並用的技巧，或是屬於藝術而非科學性的問題，最好能找到和你的性格、經歷、需求最切合的技巧。在一一瞭解本書介紹的各種技巧後，你會覺得有些技巧對你的幫助可能大於其他人，就以此為你的出發點。另外，設定一些條件，也有助你選擇適當的技巧，例如，在焦慮排解技巧之中，你比較想從著重內容的技巧開始練習（像是將內容切塊進行重點練習、練習開場等），或是想要專注在演講前可立即運用的技巧（例如，採用腹式呼吸、唸繞口令等），又或是你比較想運用一般性的焦慮排解技巧（例如，正念、正面肯定等）。

　　列出你想要運用的各種技巧後，就開始將它們融入在演說準備及日常生活中。在這些技巧當中，有許多都需要勤於練習及發揮耐心，但只要堅持下去，就有助於鎮定你的情緒，使你感到更有自信。若是有一兩個技巧無法在你身上奏效，不要害怕，就把它們刪掉。嘗試結合不同技巧，或變換各個技巧的順序來練習。

參考附錄 E（焦慮排解技巧），找出三至五個你覺得應該對自己最有用的技巧及建議。

▶ 克服焦慮計劃實例

　　以下可參考克雷格、艾莉西亞、傑登等人的實例，觀摩他們如何將這些技巧化為己用。克雷格是我指導過的一位主管，他對公開演講的恐懼可謂根深柢固，這也是曾經讓他懼怕的工作內容之一。克雷格以往得到的回饋是，他在演講時通常表現得很緊張，因為他沒能引發聽眾的共鳴。根據他的自我省察和我的詢問結果，克雷格推斷出他的演講焦慮是屬於目標導向。由於他在公司的位階，他一再要求合作夥伴及潛在客戶去做他們可能不情願做的事。他以前做簡報時覺得只能用特定方式來演說，才能讓他達到目標，從聽眾身上得到所求的東西。

　　在看過本書列舉的各項技巧後，克雷格和我篩選出四項技巧，除了效果不錯，適合他運用，同時也可幫他解決焦慮背後的問題。

第一個技巧是，克雷格在準備及練習簡報的時候，會當成自己是在與他人**對話**。他會固定約幾個部下喝咖啡，練習他的簡報。

第二個技巧是，在開口前，克雷格一定會專心想著我們共同擬出的正面**肯定語詞**。在開始簡報前，他會對自己說：「我很高興能與每位聽眾建立共鳴。」

第三個技巧是，克雷格會用「演久成真」法，看向聽眾的眉心假裝和他們眼神接觸，使自己**看起來有自信**。

第四個技巧則是，他開始感到焦慮時，會運用**正念技巧**將自己從焦慮的情緒抽離，告訴自己：「這是我在感到緊張。」

我們將他的克服焦慮計劃稱為 C.A.L.M.。這種命名方式除了能幫助克雷格熟記四項技巧，也可同時提醒他演說應達成的目標。

克雷格的 C.A.L.M. 克服焦慮技巧：

➡ 與聽眾對話（**Converse**）。

➡ 肯定（**Affirm**）自己的能力。

➡ 表現出（**Look**）自信。

➡ 專注於當下（Mindful）。

　　和克雷格一樣，艾莉西亞也用關鍵字的第一個字母記憶法來熟記她的克服焦慮計劃。她的計劃名稱為「B.R.A.V.E（勇敢）」。艾莉西亞出生於歐洲，青少年時期才開始學習英文。上大學的時候，她必須在班上發表演講，她覺得自己的表現很差，雪上加霜的是，教授還告訴她，她是班上演講表現最糟的一個。自從幾十年前的那一天起，艾莉西亞就有極為嚴重的處境導向演說焦慮。為了展開新的事業，艾莉西亞來上我的演講課。我們兩人共同制定出她的 B.R.A.V.E 克服焦慮計劃。

　　首先，艾莉西亞發現她可以**專注於當下**時，焦慮感會減輕。她藉助於自己熱衷的數獨來專注在當下。在演講的前一刻，她會解完一道數獨題。

　　第二個技巧是，艾莉西亞在恐懼感爆發時，會進行**理性思考**。她會寫出自己的恐懼，安慰自己，她最大的恐懼不會成真。

　　第三個技巧是，為了引起聽眾共鳴，艾莉西亞在撰寫講稿時會**以聽眾為導向**，一開始先自問：「聽眾需要從我

的演講聽到什麼？」

　　第四個技巧是，隨著演講日期逼近，她會在演講前三天開始，每天進行兩次**意象訓練**。

　　第五個技巧則是，艾莉西亞發現養成固定**運動**習慣，可以讓她客觀看待自己的恐懼，有助她夜晚好眠。

艾莉西亞的 B.R.A.V.E. 克服焦慮技巧：

➡ 專注在當下（**Be**）。

➡ 理性（**Rationally**）面對演說恐懼。

➡ 探知（**Address**）聽眾需要知道什麼。

➡ 想像（**Visualize**）過去成功發表演講的經驗。

➡ 運動（**Exercise**）。

　　不同於克雷格和艾莉西亞，傑登的克服演講焦慮計劃，並不需要培養新的技巧。反之，他必須停止從事會加深自己焦慮感的行為。傑登是一位助理教授，對學生授課可說是游刃有餘，但如果必須對同事發表演說，他就會產生嚴重的焦慮。他的演說焦慮是來自演講的對象。經過分析，我們發現傑登的拖延傾向會使他的焦慮更加嚴重。傑

登往往等到最後一刻才開始製作 PowerPoint 投影片。他原本可以輕鬆提早開始作業，但總拖到演講到來之前，他才通宵達旦瘋狂製作投影片，同時喝下好幾罐有高咖啡因含量的紅牛能量飲料。到了準備好演講之時，傑登已出現手抖、精神無法集中、急燥等症狀，最後他只是讀著文字冗長的投影片，而無法獲取聽眾的關注。

傑登和我一起制定新的撰寫講稿流程；首先，在演講發表日的前一週，傑登會開始寫演講的大綱——而非製作 PowerPoint 投影片。完成詳細的大綱後，他接著開始製作投影片。在寫好大綱，做好一些投影片後，傑登會在演講日至少兩天前開始練習演講。這個流程詳細記錄在他與妻子共用的行程表上，事實上，他們把這個行程表貼在冰箱上。公開行程安排可以讓傑登保持專注力。傑登在吃完一頓不含咖啡因的健康午餐後，便會專心準備他的演講。對傑登來說，要戒除他的壞習慣並不是容易的事。如今傑登已將撰寫講稿與製作 PowerPoint 區分為兩件事，改變了他的飲食，也公開力行他的演講籌備與練習計劃，他的壓力因此減輕，對同事演講時也有更好的表現。

克雷格、艾莉西亞、傑登在克服演說恐懼方面都大有進步，他們覺得充滿力量，能夠掌控自身的焦慮情緒，並將這些轉變歸功於他們不懈的努力，以及克服焦慮計劃的運用。我鼓勵各位找出兩種以上的克服焦慮技巧，讓自己也能跟隨克雷格、艾莉西亞、傑登的步伐，成功對抗演說焦慮。

 制定自己專屬的克服焦慮計劃，並以英文關鍵字的第一個字母命名來幫助記憶。

▶ 總結

溝通焦慮會令人心力交瘁，演講或是預期將上台簡報所帶來的恐懼感，也會導致許多負面後果，學習各種技巧將這種焦慮感降到最低，有助於你成為更有自信和魅力的溝通能手。

現在各位已深入瞭解演說焦慮，以及五十多種有助於排解演說焦慮的技巧，和學習任何事物一樣，這些技巧必

須投入時間勤於練習。並不是所有的技巧都能在你身上奏效，思考哪些技巧適合自己，並親身嘗試。如果不能立即見效也不用驚慌，這些技巧需要時間慢慢琢磨，才能化為己用。不管是選用哪些技巧，只要知道自己能駕馭演說焦慮，就會覺得充滿力量。

切記，你的演講必須**以聽眾為導向**──而不是你自己。你必須跳脫自己的框架，才能感到自信、冷靜、得心應手，徹底克服演說恐懼。

重點摘要

↘ 要找到確實適用於自己的焦慮排解技巧，需要多嘗
試摸索，並投入時間勤於練習。

↘ 思考哪些技巧可能對你有效：著重內容的技巧、演
講前可立即運用的技巧，或是一般性的焦慮排解技
巧。

↘ 透過積極練習控制演說焦慮，你可以成為更自信、
勝任的講者。

　　制定自己專屬的克服焦慮計劃。參考第七章的方式，想一個有意義的字母縮寫，以幫助自己熟記計劃內容。一一列出每個技巧，並詳述你將如何／在何時運用這些技巧。

未實際面對聽眾
的演說

現在的聽眾已不再受演講場所侷限，可以身在千里之外。你的話語說出口後，可能在全球各地長久流傳，無遠弗屆。電話會議、推文、YouTube 影片、網路會議、網路研討會等，使聽眾的規模及涵蓋範圍大增——你的緊張感也可能同等增加。

對不在場的聽眾演說，通常會引發兩大焦慮；首先，你可能會因為「看不到聽眾的臉而心生恐懼」。當然，直視聽眾的眼睛會令人畏懼，但根本**無法**看到聽眾，則可能更令人憂懼：擔心在電話會議另一端的聽眾是否對內容有興趣？參與我網路演說的聽眾是否認同我的說法？收看我線上演說影片的觀眾是否正在嘲笑我的想法？這些未知狀況帶來的恐懼會嚴重分散注意力。

第二種焦慮則是，你可能會「擔憂演講內容的完整性」。現今科技發達，可以輕易將你的話語截頭去尾、斷章取義，或加以歪曲；聽眾的推文和部落格提供了讓訊息廣為傳播的絕佳管道，但在推特和部落格發文的人，也可能擅改你的訊息內容及含義。一旦憂心無法掌控你的內容，焦慮程度可能就會攀升。

我們不能讓時光倒流，也無法完全脫離科技化的現代

社會，因此你必須接受現實，就是有時候並無法看見所有的聽眾，或是全然掌控你的訊息。採取接受的態度可讓你專注在自己影響能力所及之處，繼而減輕你的焦慮。此外，你也可以運用一些減輕焦慮的技巧來控制看不見聽眾所造成的恐懼。

　　要緩解看不見聽眾所引發的焦慮，可以假想聽眾的臉龐；透過電話會議或網路發表演講時，**想像你認識的人正在聆聽你的演說**。想像你認識並支持你的人正在接收你的訊息，有助於緩和你的恐懼，因為你的訊息會傳入友善傾聽的耳朵，而由於對象是熟識的聽眾，你也可能更加投入演說。

　　額外補充一則可能有幫助的訊息，就是一九八〇年代的研究顯示，在心中想像摯愛的寵物也可減輕焦慮。

Try this ▶ 在透過媒體發表演說之前（例如透過網路演講或電話會議形式），列出支持你而可做為假想聽眾的人選。實際演講時，當成自己是在對這些人演說。

　　對於因擔憂演講後內容恐怕遭到竄改所產生的焦慮，

有個化解之道，就是**讓訊息簡明扼要，巧妙重複**。研究顯示，言簡意賅的訊息較能讓人長記於心，且較不會失真，也就是訊息遭到更改的機率較低；可供一試的實用技巧包括：

（1）刪除默念時可能聽起來不錯，但口說時附加價值有限的贅詞。

（2）在演講前，請他人改述你的要點，看看他所用的字詞是否較精簡。

此外，你可以發揮創意，用巧妙的重複方式來強化你的訊息，同樣能減低訊息遭到變更或淡化的機率。**巧妙的重複方式包括提供範例、事實、比喻或小故事等**，用以說明你的要點，或是表明你想要傳達的意旨。

Try this ▸ 在建構演講內容時，不斷自問，你的訊息如何才能更簡明扼要？挑戰自己，盡可能用最簡單明瞭的方式讓聽眾明白你的要點。另外還可蒐集一兩個小故事、範例、統計數字等，用來重申你的要點。

只要多花一點點時間，加上一些富含創意的想像力，便可減輕因為看不見聽眾所衍生的焦慮感。

母語非英文者
如何排解焦慮

必須在眾人面前演講就已經夠焦慮了，但如果你的母語不是英文，卻要用英文演說可能是更心驚膽跳的經驗。本書所介紹的焦慮排解技巧對母語非英文者來說，也具有同樣的參考價值。然而，還有兩項建議有助於緩解使用不同語言演說所額外增加的焦慮。

　　首先，瞭解聽眾對英文為母語的講者有何期望，會有所幫助。其次是，如果擔心自己口音太重，可採取幾項對策。就如討論「演久成真法」時所指出，緊張的講者會有何舉止，聽眾心中有一定的期望。而溝通能手有何舉止，他們同樣也有一定期望。這些期望在不同文化各有差異。舉例來說，來自美國（以及加拿大）且演說能力佳的英語演講者，會與聽眾保持眼神接觸、經常做出手勢，並在場地內到處移動。較不熟悉英語以及較不諳英語文化的人，需要瞭解聽眾期待從演說中看到什麼；換句話說，你必須試著**判別聽眾的文化期望**。

　　判別期望的方式包括：（1）請教信賴的同行。（2）觀察出色的講者。以及／或（3）以你認為適當的方式進行演練，觀察聽眾如何反應。不論你是用什麼方式來判別聽眾可能的期望，你都必須讓自己符合這些期望。

Try this ▶ 列出五至七項你的聽眾對勝任的講者會有的期望，
接著擬定計劃，在講述演講內容時，練習達成這些
期望所需的技巧。同時可錄下練習影片來檢討自己的表現是否
符合這些期望。

　　許多母語非英文的講者都帶有口音，還要額外擔心聽
眾是否能聽懂他們說話，因此承受了重大壓力。這種額外
的焦慮，往往會導致有口音的講者講話速度變得飛快，因
此也幾乎確保了聽眾不會瞭解他們在說什麼。

　　解決口音問題的兩大辦法是，練習發音以及上口音矯
正課程。有一種比較簡單的技巧可供運用，就是有口音的
講者在一開場就放慢速度演說，則較容易讓聽眾接納。比
如，講一、兩句和演說內容無關緊要的開場白，**用比平常
講話速度還慢的速度說出來**。因為語速放慢可讓聽眾熟
悉、適應你的口音。

Try this ▶ 擬寫一、兩個句子做為開場白，向聽眾致意及／或
確認演講場合（例如，「我很榮幸在此與各位談論
我的主題」）。練習用比平常較慢的語速講出這些開場白，並

錄下講述開場句的聲音或影片，確認自己是否放慢了語速。

母語非英文的講者在紓解演說焦慮時，會遭遇一些額外的阻礙，但只要勤加練習，再多用點心，便可享有減輕緊張感所獲致的效益。

附 錄

C

在問答時間，
如何自信以對

要鼓起勇氣在眾人面前自信演講已經夠難了，但如果得更進一步，在問答時間實際與聽眾互動，並掌控他們的參與狀況，許多講者可能會驚慌失措。從獨白說話轉變成對話，對聽眾與講者都是一大挑戰，但要讓聽眾能夠提問，這是必要的轉變。聽眾需要你引導他們轉進問答的環節，他們會期待你有自信地「掌控全場」，幫助他們參與其中。

　　對你和聽眾來說，雙方突然轉變成互動模式，並擁有較均等的地位與權力，可能令人困惑又具挑戰性。不過，有一些簡單的方法可以幫助你順暢、平穩地導入及完成問答環節。

　　在演講前，你應該花時間思考一下，聽眾針對你的主題可能提出什麼問題；你可能需要偵察一下去探知可能的提問，例如詢問與聽眾相似的人士，查詢常見問題集（FAQ）或客戶／潛在客戶資料庫等。掌握一些聽眾可能提出的問題後，就可開始思考如何回答。如第六章所說，光是在心裡發想要怎麼回答並不夠，你還必須練習站著講述你的答案。只要知道在問答時間可能面對的問題，就有助於減輕你的焦慮。

Try this → 在撰寫演講內容時，**思考可能面對的提問**。決定是否應該為了因應這些問題而更動內容，或開始草擬這些問題的答案，並實地練習講述這些答案。

　　首先要注意的是，你必須考慮**何時**接受聽眾的提問。對於新手及緊張的講者，我的建議是，如果你會緊張，就等到演講結束再接受提問。清楚劃分演講與提問時間，可以讓你專心於當前的工作——演講或是應答。若你是較有經驗的講者，或是演說內容極為複雜，則可考慮在演講一開始就告知聽眾你所規劃的提問時段，隨著內容推進，全程接受提問。

　　請聽眾提問之時，徵求問題的方式必須能保有你的公信力與權威，同時兼具謙遜、開放、積極回應的態度。從演說過渡到與聽眾實際對話的階段有難度，但若能事先顧慮以下兩點：（1）**你在徵求問題時所設定的期望**，以及（2）**你如何實際收集你打算回答的問題**，就可讓問答更順利進行。

　　絕大多數的情況下，問答時間會以一般性的徵詢句開始，像是「大家有任何問題嗎？」這種概括性的問句太過

籠統，無法引導聽眾提出焦點明確又具體的問題。我的建議是，請聽眾提出你想要回答的確切類型的問題；比如，「我想花五至十分鐘的時間，針對我所提供的解決方案回答各位的問題。」這種設定明確界限的開場，可以幫助聽眾瞭解應該提出何種類型的問題。同時營造出你掌控大局的氣勢，引導聽眾提出你預備要回答的問題。

仔細思量在問答時間你和聽眾感受到的焦慮相當重要。身為講者，你要瞭解自己感受到的焦慮很簡單，但聽眾在問答時間也會感受到緊張的情緒；你有機會暖身，繼而適應環境，從容演講，但聽眾並未享有這些優勢。此外，他們會受到許多壓力的影響；首先，聽眾可能害怕提問會讓自己看起來又笨又蠢。其次是，他們可能對權力關係（例如老闆在場）或社會規範（例如質問講者是不敬的行為）極為敏感。最後一點則是，聽眾可能不想讓你當眾出糗而感到難堪。

雖然如此，但如果希望聽眾能提出促進互動的好問題，身為講者的你就必須肩負額外的責任，協助他們勇於向你提問。為了協助聽眾發問，在第一次徵求問題後，要留一些醞釀的時間。他們需要一點時間來想問題，以及鼓

起勇氣提問。如果遲遲等不到第一個問題,就準備好一個問題來反問自己;例如,你可以說:「大家通常會問我……」。

在累積問題的過程中,有幾種跳脫標準一問一答模式的做法可供選擇;第一是排定所收到問題的優先順序。在線上演講平台,你可以先標示在演講中途所接到的問題,等進入問答時間,就備好一些問題開始回答。若有新問題傳進來,可以請他人和你一起上線,幫忙過濾問題並向你發問,讓你能專心思考如何應答。在實際面對聽眾演講的場合,可以請聽眾將他們的問題寫在記事卡上(或透過簡訊或推文提出)。這種做法可以讓提問人匿名,而保有一定的隱私,你也可以將想回答的問題優先排序。

瞭解幾種做法後,接下來,你可以仿效知名創投家約翰・杜爾(John Doerr),先徵求所有的問題——把問題寫下來——然後依自己愛好的順序回答。就像上述的做法,可以將問題優先排序,並串聯在一起。

在應答時,要改用不同方式重述所接到的問題,重述對講者有幾項好處:

(1)你可藉此對提問者表示認可及鼓勵,可促進聽眾

的參與——但避免每個提問都稱讚是「好問題」。

（2）重述可以確保你回答的是正確的問題。

（3）如果能在重述問題時一邊思考答案，可為自己
　　　爭取一點準備的時間。

（4）你可以將比較情緒化或有挑戰性的問題重新潤
　　　飾為適合你回答的問題；像是「你們的定價也
　　　貴得太離譜……你們怎麼可以收這麼多錢？」
　　　這個問題可以重述為：「這位朋友問到我們產
　　　品的價值。」

　　在現場親自回答時，記住，你要面向全體聽眾，並以
和演講時相同的語調——包括抑揚頓挫、噪音變化等——
來講述你的答案，避免講述方式聽起來像是另一個人。有
一項非語言的舉動可大力展現你的自信，就是向前跨步、
面對提問者的方向聆聽問題。就行為舉動而言，如果情況
允許，線上的問答應以視訊會議的方式進行。

　　為了協助聽眾理解你的答案，可**運用 A.D.D. 法來應
答**：

　➡ 回答（Answer）問題（用一個清晰明瞭的直述句）。

➡ 詳述（Detail）一個確切、具體的例子來佐證你的答案。

➡ 說明（Describe）相關好處，藉以解釋為何你的答案可供提問者採用。

用 A.D.D. 法回答「請說明自己擔任溝通培訓講師一職所具備的資歷。」

這個問題的範例如下：

➡ 回答＝「我在輔導改善溝通技巧方面有超過二十年的經驗。」

➡ 詳述＝「我曾經協助過前線員工及主管，指導他們成為更有自信和說服力的講者。我上週就指導過一位本土大企業的主管發表一場重要的主題演講。」

➡ 說明＝「對您來說，我的經驗可以讓我立即針對您的特定需求給予協助。」

Try this ➡ 列出聽眾可能提出的問題後，練習運用 A.D.D. 架構來回答問題。不僅要花時間思索答案的內容，也要練習將答案講述出來。

自信掌控問答環節的最後一個步驟是，在結束應答之前，重申你的核心訊息；絕大多數的情況下，緊張的講者結束問答時間的方式是很快地說「感謝各位」，或甚至用更快的速度退場。結束問答的方式也應該附帶效益，所以務必要向聽眾表示感謝，並簡明重申你的中心要旨。如此可以確保聽眾聽到的最後一個訊息，是你希望他們銘記於心的訊息。

　　總括而言，問答時間是會引發焦慮的即席演說場合，而事前做好各項努力與準備，可大幅減輕你在問答時間所產生的緊張感。

塑造訊息和作用力: 有效的說服技巧

我們在溝通的時候，大部分是試圖激發他人的作為或影響他人，因此，擔心無法成功說服他人，就會造成我們緊張不已。許多人在試圖溝通說服別人時，認為應從教導的觀點出發，他們覺得若能讓別人了解自己為何以特定方式看待某種事物，那麼顯而易見，別人也會用同樣的方式來看待各種事物。因此，眾多用來勸說的論據，到頭來不過是成堆的事實和例證罷了。要有效地說服別人，顯然不只是狂丟一堆事例那麼簡單，以下介紹可以有力說服他人的兩大技巧——塑造訊息，以及熟知正反作用力。

▋塑造訊息的效用

假設你現在面臨了艱難的抉擇，你身患重病而身體虛弱，醫生告訴你，要回復原有的理想生活，唯一的希望是採用一種實驗性的療法。療法成功率有以下兩種說法，一是療法失敗率為 67%，二是成功率為 33%；醫師的說法是否會改變你同意接受這個療法的可能性？大多數人會大受告知方式影響——若以療法成功率為訴求，有更多人會同意接受該療法。能否說服他人，遣辭用字是重要關鍵。以恰當的方式

述說你期望促成的改變，可以增加成功說服的機率。

　　在塑造你的訊息時，盡可能訴諸於潛在的利益及成效。如此一來，可以抑制人類趨吉避凶的天性。世人會不計一切避開禍事──甚至遠比追求好事發生還要在意。從一個簡單的例子，也就是人們願意掏出多少錢來購買二手車，可以看出塑造訊息所產生的效用。車輛若標示為「二手車」，人們願意付出的價格，會少於標示為「認證中古車」的車輛。你的遣辭用字及塑造訊息的方式，會影響對方的觀感，進而影響他們的態度與行為。

▎作用力

　　綠花椰菜是我人生的一大剋星。多年來，要哄我的小孩張口吃下這種十字花科蔬菜，都讓我屢戰屢敗。有天我靈機一動，決定套用我教導 MBA 學生的幾個有效勸說原則來試試。令我喜出望外的是，這次不用發動第三次世界大戰，就成功讓他們吃下了花椰菜。

　　在試圖改變某種行為或態度時，必須考量有何作用力，可以推動或抑制你所追求的改變。一般的說服方式都

是著重在推動力，也就是解釋為什麼應該依照建議做出改變；例如，要吃綠花椰菜，因為吃了對身體好；要投資這家公司，因為日後可以賺取豐厚的報酬；要開這輛車，因為這樣才能吸引你未來戀人的目光。推動力可以是好處、獎勵，或是因做出改變而避免不良後果。大多數的廣告都是在**推動**改變。

然而，推動力不見得都足以促發改變，你也必須考量制止某人改變的抑制力量。在我歷來的綠花椰菜征戰中，我的小孩很清楚吃青菜的好處，甚至對我精心「配製」的獎賞（例如，吃一口花椰菜就可以換兩口冰淇淋）也興致勃勃，然而他們還是克服不了綠花椰菜的口感和味道。這些身體的自然反應，使他們排斥吃綠花椰菜。後來我想到可以略施小計來掩蓋味道，例如沾醬吃，終於消滅了抑制力而宣告勝利。

如果未顧及抑制力的影響，實際上可能較不易促成行為的改變。他人若希望達成你推動的改變，但又無法擺脫抑制行為的力量，可能會極度灰心喪氣。以一般鼓勵大眾少坐多動的活動為例，活動的訴求清楚且有號召力——讓自己更健康、更充滿活力等；然而，沒有時間，加上剛開

始運動帶來的身體痠痛，可能使得大眾難以起而力行。飽受推廣訊息轟炸的人，對於好意想幫助他們增進健康的人士，可能開始心生憎惡，因為他們無法或是不情願運動。推廣活動如果要設想更周全、更能獲得實效，除了訴求運動的好處，也應用心為大眾設計一套較不費時費力的鍛鍊方式。

Try this ➜ 針對任何你想勸說的事情，列出三項可促使聽眾依照你期望改變行為或態度的推動力，以及三項可能阻撓聽眾順應你期望而行的抑制力。

　　這部分的重點在於，想要有效說服聽眾，不只是用事實來佐證你的觀點或想促成的改變，你還必須花時間精心構思勸說的訊息，讓你的勸說對象認為這些訊息對他們有利，同時也要考量有哪些力量可能阻礙他們做出你所期望的改變。此外，勸說意圖必須以正面的方式及措詞表達出來。因此，就像達成有效溝通的基本要訣一樣，你必須徹底分析聽眾，瞭解可激勵及抑制聽眾作為的因素。

焦慮排解技巧

焦慮排解技巧	說明
把演說當成一件令人興奮的事	既然焦慮和興奮的生理表現近似（例如心跳加快等），若將焦慮引發的生理反應解讀為你其實對發表演講感到很興奮，便可促使自己相信演講對你來說是一件樂事。
重新標記和接受焦慮引發的反應	一旦感受到身體出現負面的反應（例如心跳增加，並開始冒汗），就提醒自己這些只是正常、典型的反應，這些是你身體面對不愉快事物的正常反應，避免負面的情緒。你可對自己說：「這些焦慮感又浮現了，我會有這些感受是很正常的，因為我即將上台演說。」
降低你的核心體溫	你的手掌心可握住一些涼冷的物品，以一瓶冷水最為理想。冰涼感可降低體溫，減少血流增加造成的出汗、臉部漲紅現象。

焦慮排解技巧	說明
給你的緊張能量一個出口	偷偷擠壓你的腳趾頭，或是演講時沒有比劃手勢的那隻手把拇指和食指輕輕擠壓在一起，這些小動作可以消耗你多餘的精力，去除發抖的症狀。
體認適當排解演說焦慮所帶來的好處	提醒自己，適當排解演說焦慮有助於集中精神、保持頭腦清醒，並可賦予你能量，促使你在意溝通成效並用心準備。此外，也有助聽眾感到安然自在，繼而專注在你的訊息。
培養所需技巧	循序漸進培養你的演說技巧，像是多閱覽書籍，觀看並分析出色講者的影片。
與盟友共同努力	參加演說課程、加入演講團體組織（例如國際演講協會〔Toastmasters〕），或尋找想精進演說技巧的同好。
參加即興表演課程	參加即興表演課程或工作坊。即興活動除了要求與他人相互配合，也提供了安全的環境，可讓講者學習如何在壓力下鎮定情緒，以及面對大庭廣眾其實是一件有趣的事。

焦慮排解技巧	說明
緩慢深呼吸	用鼻子慢慢深吸一口氣,使下腹部鼓脹,再用鼻子緩慢吐氣。為摒除雜念,吸氣時慢慢數到三,吐氣時再次數到三,讓意念專注於數息;重複同樣呼吸法數次。
穿著舒適得體	撥出時間選定適合演講的穿著。考量演講場合及聽眾對你的期望。裝扮必須讓自己感到自在,同時避免服飾或配件分散你的注意力。練習演講時,務必穿著正式上場用的衣服和鞋子。
練習開場白	寫好並練習你的開場白,內容可表達對聽眾的感激,或向介紹你的人士致意,或聊聊演講場所,或表示有幸能向大家發表演說等等。開講時掃視演講場所,掌握演說的環境。
意象訓練	想像自己發表了一場完美的演講。整體觀照演講當天的所有歷程,以成功發表演講做為收尾。試著讓自己放鬆,設想一整天當中出現的正面事物。避免在意演說的詳細內容。務必在實際上場前幾天就展開意象訓練。

焦慮排解技巧	說明
記錄你過往成功的演說經驗	歸納出你的成功經驗，找出成功背後的要素。是你做了什麼，或沒做什麼？是聽眾或環境，或其他原因成為你成功的助力？找出這些因素後，可重複應用在未來演說的準備、練習、表現。
回想負面回憶中的情境要素	省思負面的演說經驗時，回想與不好的演講經驗同時存在的關係（例如在場的朋友）及環境（例如當天天氣）等要素，實際上，這樣做可將你的注意力從糾結的負面情緒中抽離開來。
促進催產素大量分泌	演講前與聽眾握手或擁抱。身體的碰觸可刺激神經傳導物質，也就是催產素的釋放，繼而產生鎮定效果。
演講前展現勇敢的舉止	你可以自願第一個上台，或向前一個講者發問，或是介紹在你之前上台的講者，這些勇敢的舉止可讓身體釋放神經傳導物質，減輕皮質醇與腎上腺素引發的緊張症狀。

焦慮排解技巧	說明
運用系統減敏法	列出發表演講時，脅迫感遞增的五個階段。首先放鬆自己，然後想像自己處於脅迫感最小的階段。當緊張感一浮現就開始放鬆練習，重複這段過程，直到脅迫情境不再觸發緊張情緒為止。之後便可針對脅迫感遞增的下個階段重新開始練習放鬆。
運用循序式肌肉放鬆法	繃緊、鬆弛你的腳趾頭，同時緩慢深呼吸；持續擴展到全身，直到繃緊、鬆弛額頭肌肉為止。完成整個過程後，你會覺得全身放鬆，氣息變得更飽滿平穩。
將演講重新框架為對話情境	請一兩位朋友一起坐下來，聽你講述演講內容。你不是在演講或演出，而是在與他們聊天對話。如此一來，便不會認為演講只有一種正確方式，也就不再因此感受到壓力。
想出並運用正面肯定語詞	想一個簡短易記，合乎常理的正面肯定語詞。然後大聲練習，聽到朗誦出來的肯定語詞可賦予你力量。在開講的前一刻才對自己說出肯定的語詞。

焦慮排解技巧	說明
樂觀期待未來的活動	列出你期待可在演講後見到的事項，像是各種活動或物品。藉由設想未來非關演說、跳脫演說場合的樂觀成果，可以減輕演講時的焦慮感。
說粗話	說粗話有助於你準備好應對難局，使精神更專注，忍痛力也提高。悄聲對自己說點粗話，可幫助自己準備好面對演講。
練習正念	對演講感到緊張時，對自己說：「這是我在感受焦慮的情緒。」體驗和情緒保持的距離。透過這個練習，你可以更清楚看待及評估你的感受。
理性面對你的演說恐懼	列出演講帶給你的最大恐懼。接著思考如果某個恐懼成真，對你自己及聽眾可能造成的最糟後果。最後，選擇這個恐懼在你下一場演講成真的機率。要注意的是，你所懼怕的事並非迫在眉睫，甚至不太可能發生；即使成真，所造成的後果也不會太慘重。

焦慮排解技巧	說明
寫下你的恐懼	以白紙黑字寫下你的恐懼，可以釋放你的恐懼感，讓你的恐懼變得較小（這些恐懼會變成「單純」的恐懼，而不是「你的」恐懼）。在描述恐懼經驗時，你所用的字句會影響所產生的效果。在描述過往演講帶給你的焦慮，以及焦慮感造成的影響時，請用過去時態表示。比如，「我忘了第二點」，而不是「我一直忘記重點」。
講述恐懼所帶來的感受	用書面或口語的方式，明確講述你的恐懼。用負面的字眼來描述你的感受，這樣焦慮緩解的程度就越大；例如，「那場演講『好恐怖』，我真是『嚇到不行』，『搞不好會忘記』重點，在同事面前『大出糗』。」
專注當下	運用可幫助你更專注當下、不會分神思考未來後果的技巧，像是聆聽音樂、活動身體、唸繞口令、玩電子遊戲等。

焦慮排解技巧	說明
運用「演久成真」法	記錄勝任又自信的講者們有哪些舉止，像是他們如何運用眼神接觸聽眾的技巧，以及站姿、動作、手勢。練習模仿他們的部分舉止，不久你便會覺得自己更有自信，更能勝任講者的角色。
錄下自己演說的音檔，邊聽邊演練	錄下自己演說的音檔，然後在站著排演手勢時播放出來，由於這時不需費神思考要說什麼，所以可讓你專注在手勢及其他非言語的舉止上。
用肯定及自信感的字句	聽眾之所以認為講者在緊張，原因之一是講者的用語猶豫不定，例如「我想」。用更有自信的字詞，如「我相信」或「我知道」等，來取代這些用語。
請人在你說出虛詞時提醒你	請人在你每次一說出虛詞就提醒你，提醒的形式可用舉手或拍手。當你一說出虛詞立刻接收到提醒，就會開始有意識地注意自己在說虛詞。注意力培養好，假以時日，你對於虛詞的掌控力會慢慢增加，這時便可主動開始減少使用虛詞的頻率。

焦慮排解技巧	說明
在句尾把氣吐光	在句尾，尤其是在講述重點句時，要把氣吐光，也就是你一定得吸氣才能開始講述下一個要點，因為吸氣時要說出「嗯」是不太可能的。
將焦點放在聽眾身上	問自己：「關於這個主題，聽眾需要知道什麼？」以及「我如何確保聽眾能得到他們需要的訊息？」這兩個問題的答案可以讓你跳脫固有思維，不再認為演講只有一種正確方式。
引發聽眾共鳴，可以鼓勵聽眾參與，並減輕你的緊張感	引發聽眾共鳴技巧可以引領聽眾投入你的演說，與你積極互動，因而有助於減輕你的緊張感。可以試著提出調查問題、請聽眾想像某種情況、採用思考分組分享法，或是演講時跨步向前接近聽眾。
重點務必與聽眾切身相關	用心幫聽眾整理出重點摘要。在每個重點的結尾，思考如何結束句子：「對各位來說，重點在於……。」雖然你不一定在每個重點後面實際說出這些話，但肯定會格外著重各個重點與聽眾的關連性。如此也可反過來增加你的自信，因為你可以確知聽眾從演說中得到了他們需要的資訊。

焦慮排解技巧	說明
演講時運用有力的開場白	開場白可讓聽眾對演講更有共鳴，並感到更自在，也讓你感到更自信。一開始先取得聽眾的關注，接著說明為何他們應該聆聽你的演說，最後可預覽你將講述的要點，讓他們知道後續的內容。
開場時跨步向前，雙臂向外伸展	拉近自己與聽眾的距離，並伸出雙臂，會讓你看起來從容不迫。你實質上是走入威脅（也就是聽眾）之中，從而塑造出自信的形象。
制定並嚴守演講前的飲食計劃	逐項列出在撰寫講稿、準備演講、實際上場前各階段要攝取的食物和飲料。理想的選擇是，含有複合碳水化合物及單元不飽和脂肪的食物，將這些飲食準備好以方便取用，也可避免放縱自己攝取不適當的飲食。
訂立並嚴守運動計劃	訂立戶外運動計劃（例如散步、游泳、健行等），在投入演講準備之前，花二十分鐘按表操課。運動結束後，會發現自己的心情變得沉靜，心智變得較敏銳。

焦慮排解技巧	說明
控管睡眠時間	定時起床與睡覺，避免更動你的作息時間。如果入睡時會掛心演講的事，可在枕頭旁放一本筆記本，方便自己記錄，擺脫這些思緒的束縛。
撥出時間玩樂	排定時間和你的寵物、小孩或朋友玩耍共樂，即使是短暫的玩樂，也可使你的心智變得更敏銳，提振你的活力。
運用「狀態依賴學習」	思量你要演講的場地有何特質，最好能實際勘查。準備及練習演講的時候，盡量在設計、噪音強度、明亮度等都和實際場地類似的場所演練。
制定「內容學習計劃」	包含學習的時段、要熟記的不同演說段落，以及可用來測試自己對內容記憶度的特定問題。
為演講內容建立有意義的結構	為你的演說內容建立一個架構，協助你及聽眾熟記演說內容。實用的結構包括「問題－解決方案－效益」及「What?— So What?— Now What?」等。

焦慮排解技巧	說明
規劃時程，並昭告他人	規劃演講內容及練習的時程，並昭告他人。找出可給予你動力的三項獎勵事物，達成自己設定的各項演講準備階段時，可用這些事物做為獎賞。
錄下自己的數位影像	不論演講是實際到現場或在虛擬空間，錄下自己的影像可提供檢討的依據，用以判別哪裡應改進，以及何處維持原有表現。
進行重點練習	將演講內容「切分」成區塊的邏輯單位，例如開場白、總結、第一點、過場轉換等；分別練習各個部分，直到都能感覺輕鬆自在為止。
規劃應變方案	找出三～五種你在演講時可能面臨的意外狀況，針對這些潛在的問題，個別擬出應變方案。
在照明良好的房間演說	身處黑暗的環境會增加焦慮，演講時試著開燈，並把燈光調亮。
善用 PowerPoint	製作投影片前，先將演講內容撰寫成大綱。接著，決定是否需要、及需要哪些投影片，然後再開始製作投影片。遵照這個流程可減少製作投影片的時間，而有更多時間練習演講。

焦慮排解技巧	說明
想像你認識的人正在聆聽你的演說	列出支持你且可做為假想聽眾的人選。實際演講時，想像自己在對這些人演說。
讓訊息簡明扼要，巧妙重複	去除贅詞，請他人改述你的要點，看看他所用的字詞是否較精簡。用巧妙的重複方式來強化你的訊息，例如範例、小故事、統計數字等。
判別聽眾的文化期望	列出五～七項你的聽眾對勝任的講者會有的期望。接著擬定計劃，在講述演講內容時，練習達成這些期望所需的技巧。
用略慢的說話速度講出開場白	擬出一兩個句子做為開場白，向聽眾致意及／或確認演講場合。練習用比平常慢的語速說出開場白。
思考聽眾可能提出的問題	思考聽眾在問答時間可能會提出的問題。預先準備這些提問，可減輕因擔憂問題出乎意料、難以回答所產生的焦慮。
運用 A.D.D. 法來應答（A.D.D. 架構：回答問題〔Answer〕>詳述細節〔Detail〕>向提問人說明相關價值〔Describe〕）	列出聽眾可能提出的問題後，練習運用 A.D.D. 架構來應答，不僅要花時間思索出答案的內容，也要練習將答案講述出來。

詞彙表

詞彙	說明
Anxiety sensitivity 焦慮敏感度	一個人面對具威脅性（可引發恐懼）的刺激時的反應程度。
Attribution 歸因	對特定行為成因的說明，可以是正面或負面。
Choking 腦筋打結	思慮過多導致的焦慮反應。講者的思緒會變得紛亂，也會變得侷促不安。
Cognitive demand 認知需求 cognitive load （認知負荷）	為因應特定工作，例如擔憂一場演講，所需要的思考及資訊處理能力。
Cognitive modification 認知矯正	與「再評估」相似。也就是在詮釋某一情況或刺激事物時，將認知角度加以轉換。
Commencing 開場	從開講前的靜默到實際開口演講的過渡階段。
Communication apprehension 溝通焦慮	因實際演講或預想演講狀況所引發的恐懼感。
Conditioning （制約）	兩項無關的刺激物經過學習，而自動配對或聯想在一起。例如，公開演講很令人頭疼。

詞彙	說明
Descriptive gestures 描述性手勢	表達或呈現你用語詞所描述事物的手勢。
Disfluencies 言語不流暢	正常講話的語速中斷不順的現象，例如重複用詞、結結巴巴，或使用虛詞，例如：「嗯」、「呃」、「啊」。
Emphatic gestures 強調手勢	用來強調口說內容的手勢。
Extemporaneous speaking 即席演講	演講經過事先準備，但不背稿。這類演講通常可有效吸引聽眾注意，並以對話語調進行。
Extinguish 消滅	消除受到制約而產生的連結關係，或是用其他連結取而代之。
Fear response 恐懼反應	某項威脅，例如公開演講等，所觸發的自動生理反應，也就是戰鬥、逃跑、恐懼、僵住等反應。

詞彙	說明
Habituation **習慣化**	開講一分鐘後，演講焦慮會逐漸消退的現象，主要是安然通過演說第一關的放心感所使然。
Implementation intention **執行意圖**	針對欲達成的目標規劃確切行動，以利阻絕拖延現象。例如，前一晚設定鬧鐘可防止睡過頭，以便及時趕赴清早的約會。
Interoceptive sensitivity **內感敏感性**	對源自體內之刺激的敏感性。例如，能感受到焦慮造成的心跳加速徵狀。
Leakage **洩露**	一個人的情緒狀態透過非語言的舉動不經意顯露出來。
Overlearning **過度學習**	經常反覆運用或練習特定技能，以使其內化，進而運用自如的學習方式。
Panicking **恐慌**	導致思緒混亂、無法集中精神等症狀的焦慮反應。

詞彙	說明
Prospective Hindsight 預期中的先見之明	設想所有可能的後果，並做好這些後果成真的心理準備。
Reappraisal（reframing） 再評估（重建框架）	在詮釋某一情況或刺激事物時，將認知角度加以轉換。例如，從將演講視為一場表演，轉而視為一段對話。
Relaxation-induced anxiety 放鬆引發的焦慮	在恐懼反應被觸發後，努力想放鬆心情而額外衍生的緊張情緒。
Self-fulfilling prophecy 自我應驗的預言	由於預期某事會發生，而以有意識或無意識的作為促成預想局面，導致某事確實成真的過程。
Solutions-focused therapy 尋解導向療法	一種晤談療法，患者與治療師將焦點放在患者過去成功達成想望目標或行為的經驗，無論相關事件是多麼微小或短暫都可以。探索這些成功經驗，是為了從中學習仿效。

詞彙	說明
State-based communication apprehension **情境導向溝通焦慮**	與講者無關的外部因素,例如環境、聽眾或目標等,所導致的焦慮。
State-dependent learning **狀態依賴學習**	在回想某資訊時,所在環境若與學習到該資訊時所處的環境相似,則所記起的資訊會更多、更正確。
Trait-based communication anxiety **個性導向溝通焦慮**	因遺傳而產生的先天焦慮,亦即個性害羞或極度內向導致的焦慮。
Visualization **意象訓練**	在心中細想特定動作或表現的過程。這種技巧對於提升表現及排解關於上場表現的焦慮十分有效。

〔作者簡介〕

麥特‧亞伯拉罕（Matthew Abrahams）是富有熱忱、講求協力合作與創新的教師、訓練講師及專題演講人。他目前於史丹佛大學商學院教授策略溝通（Strategic Communication）及有效虛擬演說（Effective Virtual Presenting）等課程，廣受歡迎。他並在史丹佛大學進修推廣部教授公眾演講、及即興創作（表演）等相關課程。麥特在線上有多場人氣演說，他的「敏捷思考，聰明談話」（*Think Fast. Talk Smart*）影片有超過一千六百萬次的點擊率。

在課堂之外，麥特也是矽谷 Bold Echo Communication Solutions 公司的共同創辦人暨負責人。Bold Echo 主要為全球高階主管提供簡報及溝通技巧諮詢服務，協助他們成為更有自信、魅力及說服力的講者。Bold Echo 曾為許多名列美國財經雜誌《財星》（*FORTUNE*）全球五百大企業排行榜的公司，以及知名的新創公司舉辦工作坊，從中提供指導。麥特已指導許多高階主管發表至關重要的演說，類型

包括專題演講、TED 演講、企業首次公開發行上市（IPO）
巡迴說明會、達佛斯（Davos）論壇的演說等。

　　麥特目前是管理溝通協會（Management Communication
Association 頒予他「明日之星」獎）的會員。麥特擁有史丹
佛大學心理學學士，以及加州大學戴維斯分校傳播學碩士
學位，發表過多篇關於認知計劃、說服技巧、人際溝通的
研究專文。他尤其關注將溝通的專業知識應用在現實議題
上。

〔參考書目〕

Ayers, J., and Hopf, T. (1993). *Coping with Speech Anxiety*. New York: Ablex Publishing.

Beilock, S. (2010). *Choke: What Secrets of the Brain Reveal about Getting It Right When You Have To*. New York: Simon & Schuster Publishing.

Bodie, G. D. (2010). A Racing Heart, Rattling Knees, and Ruminative Thoughts: Defining, Explaining, and Treating Public Speaking Anxiety. *Communication Education, 59,* 70–105.

Clark, T. (2011). *Nerve: Poise Under Pressure, Serenity Under Stress, and the Brave New Science of Fear and Cool*. New York: Little, Brown and Company.

Csikszentmihalyi, M. (2008). *Flow: The Psychology of Optimal Experience*. New York: Harper Perennial Modern Classics.

Daly, J. A., and McCroskey, J. C. (1984). *Avoiding Communication: Shyness, Reticence, and Communication Apprehension*. Newbury Park, CA: Sage.

Lyubomirsky, S. (2007). The How of Happiness: A New Approach to Getting the Life You Want. *New York: Penguin Books.*

Motley, M. T. (1997). Overcoming Your Fear of Public Speaking: A Proven Method. *Boston: Houghton Mifflin.*

Richmond, V. P., and McCroskey, J. C. (1998). Communication Apprehension, Avoidance, and Effectiveness, *5th ed.*

Boston: Allyn and Bacon.

Tolle, Eckhart. (2004). The Power of Now: A Guide to Spiritual Enlightenment. *Novato, CA: New World Library.*

Wehrenberg, M., and Prinz, S. (2007). The Anxious Brain: The Neurobiological Basis of Anxiety Disorders and How to Effectively Treat Them. *New York: Norton.*

Wise e Fear: The Science of Your Mind in Danger. *New York: Macmillan.*

Notes

Notes

Notes

Notes

Notes

Notes

Notes

國家圖書館出版品預行編目資料

說出自信與魅力：溝通和克服演說恐懼的50個技巧 / 麥特.亞
伯拉罕(Matthew Abrahams)著；林佩蓉譯. -- 初版. -- 臺北
市：商周出版：家庭傳媒城邦分公司發行, 2019.10
　面；　公分. -- (莫若以明書房；17)
　譯自：Speaking up without freaking out : 50 techniques for
confident and competent presenting, 3rd ed
　ISBN 978-986-477-734-1(平裝)

1.演說術

811.9   108015328

莫若以明書房17

說出自信與魅力：溝通和克服演說恐懼的50個技巧
Speaking Up Without Freaking Out : 50 Techniques for Confident and Compelling Presenting, 3rd edition

作　　　者／麥特‧亞伯拉罕（Matthew Abrahams）
譯　　　者／林佩蓉
責 任 編 輯／彭子宸

版　　　權／黃淑敏、林心紅、翁靜如
行 銷 業 務／莊英傑、周佑潔、黃崇華、李麗淳
總 　編 　輯／黃靖卉
總 　經 　理／彭之琬
事業群總經理／黃淑貞
發 　行 　人／何飛鵬
法 律 顧 問／元禾法律事務所 王子文律師
出　　　版／商周出版
　　　　　　台北市 104 民生東路二段 141 號 9 樓
　　　　　　電話：(02) 25007008　傳真：(02)25007759
　　　　　　E-mail：bwp.service@cite.com.tw
發　　　行／英屬蓋曼群島商家庭傳媒股份有限公司城邦分公司
　　　　　　台北市中山區民生東路二段 141 號 2 樓
　　　　　　書虫客服服務專線：02-25007718；25007719
　　　　　　服務時間：週一至週五上午 09:30-12:00；下午 13:30-17:00
　　　　　　24 小時傳真專線：02-25001990；25001991
　　　　　　劃撥帳號：19863813；戶名：書虫股份有限公司
　　　　　　讀者服務信箱：service@readingclub.com.tw
　　　　　　城邦讀書花園 www.cite.com.tw
香港發行所／城邦（香港）出版集團
　　　　　　香港灣仔駱克道 193 號東超商業中心 1 樓 _ E-mail : hkcite@biznetvigator.com
　　　　　　電話：(852) 25086231　傳真：(852) 25789337
馬新發行所／城邦（馬新）出版集團【Cite (M) Sdn Bhd】
　　　　　　41, Jalan Radin Anum, Bandar Baru Sri Petaling, 57000 Kuala Lumpur, Malaysia.
　　　　　　電話：(603) 90578822　傳真：(603) 90576622

封 面 設 計／張燕儀
排　　　版／林曉涵
印　　　刷／韋懋實業有限公司
經 　銷 　商／聯合發行股份有限公司
　　　　　　地址：新北市 231 新店區寶橋路 235 巷 6 弄 6 號 2 樓　電話：(02)2917-8022 傳真：(02)2911-0053

■ 2019 年 10 月 07 日　　　　　　　　　　　　　　　Printed in Taiwan
定價 340 元